GUSTAVO HEDEMANN

ECDYSIS

Es solo otra piel

EDITORIAL DUNKEN
Buenos Aires
2025

Hedemann, Gustavo
ECDYSIS. Es solo otra piel.
1a ed. - Ciudad Autónoma de Buenos Aires: Dunken, 2025.
96 p. 23x16 cm.

ISBN 978-987-85-5123-4

1. Narrativa. 2. Literatura. 3. Novelas Fantásticas. I. Título.
CDD A860

Contenido y corrección a cargo de el/los autor/es.
Control de corrección: Ariel García.

Ayacucho 357 (C1025AAG) - Capital Federal
Tel/fax: 4954-7700 / 4954-7300
E-mail: *info@dunken.com.ar*
Página web: *www.dunken.com.ar*

Hecho el depósito que prevé la ley 11.723

e-mail: gustavo@hedemann.com.ar
ISBN 978-987-85-5123-4

A quien aspiré ser...

Gracias...

Achi,
tu empuje concibió a este libro.

Cin, tu infinita paciencia,
tus revisiones... una verdadera detallista.

Rudy, Elsita, Ceci, Glen y Nico,
su apoyo y observaciones fueron esenciales.

Male, Rami y Achi,
con Ustedes, todo vale la pena.

A la vida

y a los lectores...
"Lo bueno, si breve, dos veces bueno".

CAPÍTULO 1

La confesión

La mansión corona la colina, vigía de piedra y nostalgia. Las ventanas reflejan el crepúsculo, mientras las cortinas se mecen como si la casa respirara. Bajo la luz de las lámparas, el salón principal resplandece. Sobre la gran mesa de roble, el mantel elegante y la vajilla reluciente, meticulosamente dispuestos, son la puesta en escena que anuncia un evento único.

Eduardo, el patriarca, preside la mesa. El tiempo desgastó su figura, pero no ha logrado opacar el filo de su mente ni la autoridad que emana de su silencio. Sus ojos verdes, penetrantes, recorren a los presentes, evaluando cada gesto, cada mirada.

Desde el momento en que sus familiares comienzan a llegar, percibe una extraña inquietud en el ambiente. Las risas y las conversaciones fluyen, pero se sienten forzadas y distantes. Todos se preguntan el motivo de tanta convocatoria, ya que no se celebra una década más, sino ochenta y ocho años... un número que no parece tener mayor relevancia.

El fuego del hogar a leña da calidez a las fotos sobre su repisa. Algunas son tan antiguas que solo Eduardo conoce sus historias, aunque siempre han estado allí, testigos mudos del paso del tiempo. Varias lo retratan en distintas etapas de su larga vida. Otras, aún más antiguas, muestran a mujeres posando sin mayor gracia que la de ese efímero instante.

Tamborilea sus dedos sobre la mesa, esperando que cada uno tome su lugar. Entonces, levanta la mano con una lentitud deliberada, un gesto de autoridad tan claro que impone silencio inmediato.

Un carraspeo precede a su voz, que serena y solemne rompe el silencio.

—Querida familia, gracias por venir. Sé que notan que esta reunión es distinta, y no se equivocan. No los convoqué para brindar, sino para revelarles un oscuro secreto que no puedo seguir callando.

El murmullo es instantáneo; algunos se miran intrigados, mientras otros observan atentos.

—Llevo demasiado tiempo guardando este dolor... quizás debería haber hablado antes, pero tenía miedo. De no estar listo, de que no me entendieran... si es que eso es posible. Con los años aprendí que el momento perfecto no existe.

—Pero papá... me estás asustando, ¿de qué se trata? —pregunta su hijo mayor, aferrado al borde de la mesa, visiblemente inquieto.

Eduardo es consciente de la expectación que genera.

—Es sobre un crimen... cegado por la arrogancia, maté con mis propias manos a la persona más indefensa que puedan imaginar. Tras aquella lucha, las heridas en mi piel sanaron, pero las del corazón siguen abiertas.

—¿Qué? ¿Un asesinato? ¿Vos? ¡Pero si sos la persona más buena del mundo, siempre lo decimos! —exclama su nieto, tan desorientado como el resto de los presentes.

El crujir del fuego parece intensificarse, anunciando con cada chispa la inminente revelación.

—¿La persona más buena? —repite Eduardo con una amargura infinita—. Gracias, querido, pero esa es la fachada que oculta un calvario. Todo comenzó un 2 de enero de 1970...

—Abuelo, ¿de qué estás hablando? Cada vez entiendo menos —increpa su nieta menor con los ojos muy abiertos—. ¿Cómo que 1970? ¡Eso fue hace más de doscientos años, mucho antes de la Guerra Final!

Él asiente, mientras su mente parece viajar hacia un tiempo remoto.

—Claro... mucho antes de la Guerra Final —repite—. Aquella tarde, el sol brillaba con una intensidad que jamás volví a ver. Era un resplandor único, el cielo parecía intentar distraernos del dolor.

Una de las hijas, que había permanecido en silencio hasta entonces, se inclina hacia adelante con expresión pensativa.

—¿Cómo que distraernos? —enfatiza la terminación "nos"—. ¿Y de qué dolor hablás, papá? Por favor, no entendemos nada.

—Sí, hija, dije distraer-nos. Hablo del dolor que provoca perder a un ser amado, único. Esa clase de dolor que consume el alma y deja una marca que ni los siglos pueden borrar.

Sentada a su lado, ella frunce el ceño mientras lo observa con atención.

—¿Por qué nunca nos contaste esto antes? ¿Y qué tiene que ver con vos, si fue más de un siglo antes de que nacieras?

—¿Antes de que naciera? —esboza una sonrisa cargada de ironía—. Tal vez... pero hay historias que no pueden contarse hasta que el silencio y la culpa te aturden por completo.

Las palabras flotan en el aire como una advertencia.

—Pero... ¿por qué ahora? —insiste su hijo mayor—. ¿Por qué después de tanto tiempo y precisamente en tu cumpleaños número ochenta y ocho?

—Porque el tiempo se agota, y los ochenta y ocho años son mi ultimátum. Ustedes tienen derecho a conocer una verdad que no me puedo llevar a la tumba. Lo que voy a revelarles cambiará la imagen que tienen de mí... y los hará cuestionar sus propios cimientos.

Respira profundo. Unos segundos de pausa le permiten contener la oleada de sentimientos que amenaza con quebrarlo. Nadie se atreve a interrumpirlo; temen tanto al relato como al silencio.

Sus ojos se desvían de los presentes y se pierden entre las fotos antiguas, en un punto más allá de las paredes, viajando hacia un recuerdo solo suyo.

Finalmente, su voz se eleva, profunda y pausada, cargada de un cuidado exquisito.

—Fue hace exactamente doscientos veintitrés años. Era una tarde clara y brillante...

Y con la mirada fija en ese horizonte invisible, poco a poco desentierra una historia celosamente guardada...

De pronto, una transición sutil: la mirada ya no es la de Eduardo. Son los mismos ojos verdes, pero más jóvenes... y de una mujer. Su voz se convierte en un eco que guía la escena. Es su mirada, inconfundible, pero en otro cuerpo, otro tiempo... cargada de un dolor irreparable.

Camina lentamente tras el cortejo fúnebre, en lo profundo del cementerio. El olor de la tierra recién removida es cada vez más penetrante. Su cabello desordenado enmarca una postura abatida. Las lágrimas atrapadas en sus ojos reflejan la angustia incontenible.

Siempre a su lado, Eduardo la observa con preocupación y compasión. Como su esposo, sabe que cualquier palabra sería en vano, pero aun así intenta consolarla.

—No estás sola, mi amor —le murmura con ternura.

Pero Amanda parece ajena a su gesto. Su mirada permanece fija en el féretro que desciende lentamente.

Los últimos años han sido un calvario: una caída lenta y desgarradora hacia el abismo, mientras presenciaba cómo el Alzheimer devoraba a su madre, fragmento a fragmento, borrando cada rastro de la mujer que fue su guía y fortaleza.

En sus manos aprieta una rosa con tal fuerza que sus nudillos palidecen. Sus labios tiemblan bajo la presión de sus dientes, en un intento desesperado por contener la impotencia.

—No importa lo que cueste, ni lo que tenga que sacrificar... —exclama con la mirada fija en la tumba—. ¡Voy a encontrar la cura!

Eduardo la observa con inquietud, antes de rodearla con un abrazo y depositar un tierno beso en su frente.

—¿Qué estás diciendo, mi amor? —pregunta, mientras en su interior intuye una respuesta que teme escuchar.

Ella cierra los párpados un instante, revive la imagen del último momento en que su madre la reconoció y abrazó, y, al abrirlos, su rostro se ilumina con una determinación tan feroz que roza la locura.

—Sí. Voy a encontrar la cura —repite—. No puedo rendirme... no después de todo lo que perdí. ¡No voy a fallar otra vez!

Eduardo retrocede un paso, perplejo. Nunca la había visto así.

El denso velo del silencio los envuelve, mientras el viento agita las hojas de los árboles. El cementerio parece estremecerse, consciente del peso de aquella promesa.

Incapaces de advertirlo, sus vidas acaban de cruzar un umbral sin retorno.

CAPÍTULO 2

Herencia

La casa yace sumida en un abandono palpable. El jardín, alguna vez estallido de colores y aromas, es ahora un páramo invadido por la maleza. En los macizos, solo quedan los fantasmas de las flores. Tras las ventanas cerradas, se impone una penumbra polvorienta.

En el subsuelo, el laboratorio de Amanda ya no es un santuario de descubrimientos, sino su refugio y su jaula. Un caos de frascos mal etiquetados, libros abiertos y papeles dispersos reflejan el laberinto de su mente. En ese desorden, se aferra a la ciencia, único legado que le queda de su madre, hundiéndose en el trabajo hasta que su cuerpo claudica y la arroja a un sueño plagado de sombras.

Eduardo siempre respetó aquel espacio de intimidad, pero una tarde decide entrar. El aire es espeso. Su mirada recorre el caos hasta dar con la figura de su esposa, absorta en su tarea y ajena por completo a su presencia. La escena le oprime el pecho.

—Mi amor... esto no es sano —le dice en voz baja—. El laboratorio te está consumiendo.

Amanda mantiene la mirada fija en sus notas.

—Ay, Edi. No exageres, no es para tanto.

—¿Ah, no? Mirá a tu alrededor. La casa se desmorona, y nosotros con ella.

Amanda deja caer la pluma y, por fin, lo mira. Su voz perdió toda dulzura.

—No lo entendés. Estoy cerca de algo importante. No puedo permitirme distracciones.

—Siempre me das la misma respuesta. ¿Cuánto más vas a sacrificar? ¿Qué puede ser más importante que nosotros?

Amanda sostiene su mirada con obstinación.

—Edi, te amo más que a nada, pero necesito que lo entiendas: tengo que encontrar la respuesta que no le pude dar a mi madre. Acompañame sin dudar de mí.

Eduardo siente la impotencia de una batalla perdida.

—Mi cielo... —su voz se quiebra—. ¿Qué nos pasó? ¿Te acordás de lo que éramos?

—Mi amor, si me detengo ahora, todo habrá sido en vano. Ya volveremos a ser ese fuego que nunca se apagó.

Así transcurren los meses. Ella, prisionera de su obsesión; él, anclado a su lado, consciente de que si la suelta podría perderla para siempre. Amanda, aferrada a la convicción de que su trabajo dará frutos y, entonces, todo volverá a ser como antes.

Los primeros síntomas son sutiles: un olvido menor, una fórmula habitual que de pronto parece ajena. Ella los atribuye al cansancio, una explicación cómoda. Pero la frecuencia aumenta, y en la recurrencia surge la evidencia de un patrón inapelable.

El terror que conoció en su madre, ahora lo vive ella. En la más cruel de las paradojas, su oponente en la batalla de la ciencia, se apodera de su cuerpo, lenta e implacablemente.

El Alzheimer va tejiendo señales difíciles de ocultar... Una mañana, Eduardo la encuentra inmóvil en la cocina, con un frasco en la mano y la mirada fija en un punto de la pared.

—Amor... —dice con suavidad—. ¿Estás bien? Parecés... ausente.

Amanda se sobresalta, como si la hubieran arrancado de un sueño, y esboza una sonrisa poco genuina.

—No es nada, Edi. Eh... pensaba en cosas del laboratorio.

Eduardo capta la inquietud que ella intenta ocultar.

—Te conozco. ¿Qué te pasa? No me asustes... Parecías otra persona.

—Te dije que nada, Eduardo. ¿Qué te pasa a vos? ¿Me estás vigilando?

—¿Qué decís? —responde incrédulo—. Intento acompañarte como me pediste, pero te ponés a la defensiva. Mejor dejalo ahí... con vos no se puede ni hablar últimamente.

Eduardo se aleja. A veces el silencio no es una rendición, sino una forma de preservar el vínculo.

Con poco más de cuarenta años, el diagnóstico es una sentencia. Rendirse no es una opción. El reloj corre en su contra, empujándola a redoblar sus investigaciones, como si pudiera forzar a la ciencia a darle una respuesta antes de que su propia mente la traicione por completo.

Los momentos de intimidad son oasis perdidos en un vasto desierto. Pero en cada uno, sus cuerpos recobran la pasión y un amor que el tiempo no ha logrado erosionar. Bálsamos en los que el laboratorio y la enfermedad desaparecen.

Después de interminables semanas de trabajo frenético, Amanda da con lo que parece ser la clave: un compuesto que sus cálculos señalan como la llave para regenerar las neuronas dañadas. No hay tiempo para ensayos. Sin vacilar, se convierte en su propio campo de pruebas. Es una ruleta rusa: puede seguir el destino de su madre o, por el contrario, encontrar su salvación y la de millones más en su condición.

Los días posteriores a la primera dosis son una espera cargada de ansiedad. Cada mañana, el ritual es el mismo: se planta frente al espejo, buscando en su rostro la más mínima señal de cambio. Pero el reflejo solo le muestra a una mujer consumida por el agotamiento, que comienza a cuestionarse si no está jugando con fuerzas que no puede dominar.

Pero entonces, cuando la duda empezaba a ganar terreno, ocurre el milagro. Los recuerdos que se estaban borrando recuperan su trazado nítido. La pesadumbre mental que la oprimía se levanta de golpe, como una cortina, revelando un paisaje de pensamientos claro y ordenado.

Cada dosis le devuelve una lucidez que raya lo sobrehumano, un estado de gracia cognitivo único. Pero si la omite, el castigo es inmediato: la niebla regresa, más espesa y hostil. Su cura no admite omisiones. Cegada por la certeza de su victoria, avanza sin medir el precio.

Tras meses de documentar los efectos de la droga, decide hablar con Eduardo, su único sostén. Pero su mente científica se impone: no habrá revelación sin una última comprobación.

Los informes confirman su triunfo: todos los valores son ideales, su salud es más robusta que nunca. Su mirada recorre la página victoriosa hasta detenerse en seco en un valor incongruente: hCG > 1000 mUI/mL. El aire se congela en sus pulmones. No hay error posible: está embarazada.

La ciencia, hasta ese momento su refugio, se convierte en su trampa. Si abandona el tratamiento, ambos estarán en peligro; si lo continúa, el feto podría pagar el precio.

Durante días carga sola con la angustia. La desesperación la envuelve mientras se hunde en su propio silencio.

Finalmente, como queriendo convencerse de que todo saldrá bien, decide contarle a Eduardo que está embarazada. Sin embargo, calla tanto su enfermedad como su tratamiento.

Eduardo se llena de felicidad al escuchar la noticia. ¡Va a ser padre!

Pero la dicha no es completa. Con el paso de los días, nota que Amanda continúa distante, absorta en sus estudios. Él supone que el embarazo la pone a prueba, aunque no puede evitar la sensación de que le oculta algo.

Una noche, incapaz de soportar más el aislamiento, Eduardo se le acerca.

—Amanda… —comienza, con un matiz de resentimiento—. Sé que el embarazo puede ser abrumador, pero… —le acaricia con ternura el vientre que crece—. Estamos en esto juntos, ¿verdad?

Ella le devuelve una sonrisa, aunque sus ojos delatan que su mente navega atrapada en un torbellino de pensamientos.

—Claro, mi amor… juntos, como siempre —responde.

—¿Juntos? Porque últimamente no me siento precisamente parte de esto. Me pregunto si alguna vez lo estuve.

—¿Qué querés decir, Edi? —pregunta, sorprendida y a la defensiva.

—Quiero decir… no sé si soy algo más que un objeto en esta casa. Estoy cuando necesitás algo, pero el resto del tiempo parezco invisible. Me siento un extraño en mi propio hogar, y solo importo cuando te resulto útil.

Amanda sabe que sus palabras reflejan una verdad que ha evitado. Pero no puede abrirse por completo; hay demasiado en juego.

—Eso no es cierto, Edi. Sabés que no —responde con voz tensa, usando sus palabras como escudo.

—¿De verdad? Porque, francamente, no sé si soy tu esposo o un espectador de tu vida científica.

Ella intenta desviar la conversación, pero no puede ignorar la verdad en sus palabras.

—Sabés que sos mi gran amor, pero ahora una nueva vida está en camino y todavía quedan tantas cosas importantes que resolver —responde.

—¿Cosas importantes? —replica incrédulo—. ¿Más importantes que nuestra vida y la de nuestro bebé?

Amanda, sin querer prolongar la discusión, se le acerca y lo besa en la frente. Una caricia silenciosa que transmite más de lo que sus palabras podrían expresar.

Edi cierra los ojos, reconfortado. Pero al abrirlos, la ve alejarse, regresando al laboratorio.

El embarazo avanza sin complicaciones. Amanda cumple con cada dosis, sin saber cuánto tiempo más podrá mantener el equilibrio, mientras Eduardo se aferra a la ilusión de que el bebé traerá paz a sus vidas.

Promediando el séptimo mes, todo cambia. Los síntomas irrumpen con violencia: mareos, zumbidos en los oídos, mente nublada. Amanda los reconoce al instante. El deterioro que creía haber dejado atrás vuelve, esta vez con una intensidad demoledora.

A los pocos días, mientras duerme, una migraña insoportable la despierta. Intenta levantarse, pero todo a su alrededor se oscurece. Cae al suelo, inconsciente.

Eduardo, sobresaltado por el ruido sordo, la encuentra tendida, inerte. Su respiración apenas audible y su rostro, pálido.

—¡Amanda! —grita, arrodillándose a su lado y sacudiéndola—. ¡Despertate! ¿Qué te pasa?

Al no obtener respuesta, la levanta en brazos. Su corazón late con fuerza mientras la sube al auto y acelera hacia el hospital.

—Aguantá, mi amor... Por favor, no me dejes.

Horas después, Amanda sigue inconsciente, conectada a máquinas. Eduardo, exhausto, permanece a su lado sin soltarle la mano.

El médico entra en la habitación con expresión grave.

—Señor, su esposa está en coma profundo —dice—. No encontramos ninguna anomalía física, pero su cerebro parece estar... apagándose.

Eduardo apenas puede hablar.

—¡No puede ser! ¡Ayer estaba perfecta! —balbucea—. ¿Y el bebé? ¡Dígame que está bien!

—Por ahora, el bebé está bien —responde el médico—. Pero el corazón de su esposa está débil; debemos decidir pronto o el bebé también estará en riesgo.

Eduardo baja la cabeza, respira hondo, incapaz de contener el dolor.

—Hagan la cesárea —dice con voz rota pero firme.

El médico asiente, comprendiendo la magnitud de la decisión.

Mientras preparan a Amanda para la cirugía, Eduardo la besa en la frente.

—Todo va a estar bien, mi amor... te lo prometo.

CAPÍTULO 3

Luisa

Ajeno al mundo exterior, el quirófano se rige por su propio orden. Las luces blancas borran toda sombra, concentrándose en el cuerpo de Amanda. Su piel, pálida y casi translúcida, revela su fragilidad.

Los médicos se mueven con rapidez y precisión. Aquí, ningún error es posible; no en un lugar donde la vida y la muerte se miden en una pulseada constante.

—Parámetros normales —informa un asistente, sin apartar la vista de los monitores.

—Mantengamos el protocolo —responde el cirujano, ajustando la luz—. Concentrados.

El personal asiente, mientras el bisturí se abre paso por el vientre con un zumbido metálico. El corazón de Amanda sigue latiendo, pero su mente vaga en la penumbra. Dentro de ella, la vida que ha protegido tiene su propio pulso y debe ser rescatada.

El anestesiólogo lanza una mirada fugaz hacia Amanda, frunciendo el ceño.

—Es raro este caso. Una mujer en un coma repentino, sin antecedentes. No encaja en ningún cuadro clínico que conozcamos.

El cirujano asiente. —Raro... pero sea lo que sea, lo prioritario es el bebé. No perdamos el foco. Nos acercamos.

De repente, la tensión se disuelve, transformándose en alivio. El llanto potente y claro de un recién nacido llena el quirófano: un recordatorio vibrante de que la vida continúa, incluso en medio de la tragedia.

La enfermera alza al bebé, examina cada detalle y sonríe.

—¡Es una niña! —anuncia, mirándola con ternura.

El cirujano también sonríe, sin dejar de lado su profesionalismo. —Una vida se enciende, y otra... —murmura, mientras observa a Amanda, inconsciente sobre la camilla.

Afuera, Eduardo espera con el alma en vilo. La tensión lo consume. Sus manos, entrelazadas, tiemblan, sudorosas de ansiedad. Han sido horas de tortura.

La puerta del quirófano se abre y siente que el corazón se le detiene. Observa, casi sin respirar, al médico que sale con paso firme. La expresión tranquila y la leve sonrisa que asoma en sus labios le dan una oleada de alivio.

—Es una niña —le dice con una sonrisa consoladora—. Nació sana y fuerte.

Eduardo apenas puede creerlo. Se lleva una mano al pecho y cierra los ojos, agradecido, tratando de asimilar la noticia.

—Gracias, doctor... gracias... —murmura entrecortado, aunque la pregunta que lo inquieta no tarda en surgir—. Pero... ¿y mi esposa? ¿Cómo está?

El médico asiente. Su expresión se vuelve seria, pero con un aire de empatía.

—Sigue en coma. Sin cambios, estable —dice tras una pausa—. Ahora... ¿quiere conocer a su hija?

Eduardo traga saliva y asiente con rapidez.

—¡Sí... sí, claro!

Con una sonrisa, el médico lo guía hasta una salita, donde una enfermera aguarda con un bulto envuelto en mantas. El calor de ese cuerpo diminuto lo desarma por completo. No puede apartar la vista de ese rostro, de esos labios que aún tiemblan tras el primer llanto de la vida.

—¡Hola, Luisa! —le dice con dulzura, rozando su nariz contra la de ella—. Soy tu papá. —Las lágrimas ruedan por sus mejillas—. Vamos a esperar a mamá, ¿sí? Porque tiene que despertar para conocerte...

Los días transcurren. Eduardo se entrega a la paternidad con intensidad. Pañales, biberones y noches en vela transforman cada jornada en una prueba de resistencia.

La observa con un amor inmenso; ella le da fuerzas. Es una bebé muy tranquila. Sus ojos, de un verde profundo, siempre están atentos.

—A veces siento que sos especial —le susurra, acercando el rostro al de ella—. Sería mucho más fácil si mamá estuviera acá.

Con una sonrisa, le acaricia la suave piel de la cara. Ese contacto lo reconforta, le devuelve la esperanza. Se acerca y le da un beso en la frente, lleno de ternura, como Amanda lo hacía con él.

En ocasiones, el cansancio y la tristeza lo desbordan, pero siempre encuentra consuelo en Luisa. Sin embargo, la ausencia de Amanda se vuelve cada vez más insoportable.

Durante una de sus visitas al hospital, un médico lo aborda en el pasillo.

—Eduardo... estamos haciendo todo lo posible por su esposa —dice, apoyándole una mano en el hombro—. Pero lo cierto es que no podemos predecir cuándo va a despertar... o si lo hará.

—¿Cree que ella puede escucharnos?

—No podemos asegurarlo. Pero hay casos en los que el apoyo de la familia marca una gran diferencia.

Eduardo se sienta junto a Amanda, le sostiene la mano y le habla en voz baja. Le cuenta de Luisa, de sus ojos verdes, de su sonrisa.

—Luisa te necesita. Los dos te necesitamos, ¿sabés?

Al volver a casa, saluda a la empleada que se retira y se dirige al cuarto de Luisa. La encuentra en su cuna, despierta, y se sienta a su lado.

—Un día, mamá va a despertar, y cuando eso pase... —se inclina hacia ella, le sonríe con melancolía y besa su frente— cuando eso pase, la felicidad será completa. Vamos a estar los tres juntos, como debe ser.

Después de acunarla hasta que el sueño la vence, Eduardo la tapa con el mismo cuidado que si fuera de cristal. Permanece allí unos instantes, observando su pequeño rostro sereno, respirando suavemente. Camina hacia la salida del cuarto, saboreando el raro momento de quietud que la paternidad le concede.

Sin embargo, cuando está por cerrarla, un sonido leve, casi imperceptible, lo detiene.

—Edi...

Eduardo se congela. Su mente rechaza lo que cree haber escuchado. Sabe que está agotado, que el cansancio juega con la percepción, pero esa palabra, tan suave, tan familiar, lo atraviesa como una descarga.

Se da vuelta, con el corazón desbocado, abre la puerta y entra en la habitación, buscando a Luisa con la mirada. La encuentra dormida plácidamente en su cuna.

—No puede ser... —exclama en la penumbra—. Amanda, si estás acá... dame alguna señal.

La súplica queda flotando en el silencio, sin respuesta. Sale nuevamente de la habitación y cierra la puerta.

En la cuna, los ojos de Luisa se abren. Ya no reflejan la inocencia de un bebé, sino una mirada aturdida. Una catarata abrumadora de recuerdos y sensaciones la invade. Amanda está despierta, sí, pero no en su cuerpo, que yace en coma en el hospital: está en el de su hija.

"¿Qué... qué es esto?", piensa con desesperación. "Estoy atrapada dentro de Luisa... Dios, ¿qué está pasando?".

CAPÍTULO 4

La sombra de Amanda

Los días se convierten en semanas y Amanda, dentro de Luisa, solo puede observar. Cada vez que Eduardo la toma en brazos, la alimenta o la arrulla, se desgarra entre el amor y la impotencia. Desespera por gritar, por hacerle saber que sigue allí, pero elige callar.

En el hospital, mientras visita a Amanda acompañado por Luisa, Eduardo sostiene la mano de su mujer y le habla suavemente, lleno de amor.

—Hola, mi vida —susurra, ignorando que en realidad ella lo escucha desde el cuerpo de su hija—. Te extraño tanto...

Amanda sigue conectada a las máquinas que apenas la mantienen con vida. Eduardo ha pasado horas interminables a su lado, observando el frágil vaivén de su pecho, una cáscara vacía que aún respira. El último parte fue devastador: la infección cerebral destruyó el órgano con brutal rapidez; no hay esperanzas.

De repente, el pitido de las máquinas cambia, alargándose en un tono constante. Eduardo siente un nudo formarse en su pecho antes de que las enfermeras y el médico irrumpan en la habitación. Pero no necesita explicaciones: la vida por la que tanto luchó se acaba de apagar.

—Descansá en paz, mi amor... —se despide, dejando un último beso en su frente mientras acaricia la mano que se enfría—. No sabés cuánto te amé... cuánto te amo.

Sostiene a Luisa con fuerza, buscando consuelo en la calidez de su hija, quien le devuelve una mirada de comprensión imposible, con lágrimas en los ojos, como compartiendo su dolor.

Luisa, Amanda, observa el mundo desde la distancia, inmersa en una conciencia dolorosa. Cada día es una lucha en silencio, un esfuerzo por adaptarse a su nuevo cuerpo, y con cada paso en ese proceso, se acerca más a controlarlo.

—¿Quién sos, chiquita? —murmura una noche Eduardo, mirándola con ternura, pero también con inquietud—. ¿Viniste al mundo para devolverme alegría? Tenés los ojos de tu madre... quizás, en algún rincón, nos esté viendo. Estaría orgullosa de vos, sos hermosa... tan parecida a ella.

Amanda quiere tranquilizarlo, decirle que está ahí, pero solo le sostiene la mirada y le sonríe. Su espíritu lucha en cada gesto, pero sabe que su momento llegará.

"Estoy acá, Edi", piensa, aferrándose a la esperanza de algún día poder decírselo.

Poco a poco, Eduardo se adapta a esa nueva vida, equilibrando los fríos cálculos de las inversiones financieras de su trabajo con la calidez de la paternidad. Sin embargo, incluso en los momentos más rutinarios, persiste en él una inquietud sorda: hay algo en Luisa que no logra comprender. Miradas, gestos, actitudes que parecen demasiado conscientes. Apenas llora y, cuando lo hace, sus llantos son breves, contenidos, como si midiera su propio sufrimiento.

Trata de convencerse de que su hija ha absorbido, de alguna manera, el dolor de la ausencia de su madre, un vacío que parece haber intuido desde antes de nacer.

La serenidad de Luisa se vuelve más pronunciada con el tiempo, y esa calma inquietante provoca comentarios entre quienes la rodean.

—Es tan tranquila, ¿no te parece? —dice una enfermera durante un control rutinario.

—Demasiado tranquila —responde otra, frunciendo el ceño—. Pareciera que nos estuviera observando... o analizando.

Un escalofrío recorre a Eduardo al escuchar esas palabras desde el pasillo.

Mientras tanto, en el interior de Luisa, Amanda está completamente despierta. Al principio, todo había sido oscuridad: una prisión de silencio y aislamiento. Ahora, cada pensamiento toma forma, los recuerdos se ordenan y la bruma se disuelve. Su conciencia reclama espacio en ese cuerpo que no le pertenece, pero que se ha vuelto su única realidad.

—¿Qué significa todo esto? —se pregunta una y otra vez—. Estoy aquí... pero no soy yo.

Comprende que ha renacido, aunque sabe que debe mantener su identidad en secreto. El mundo no está preparado para aceptar lo que ha ocurrido. Si se descubriera que sigue viva, y dentro del cuerpo de su hija, desataría el horror.

CAPÍTULO 5

Continuidad

Eduardo intenta darle a Luisa una vida lo más normal posible. La lleva al parque, a reuniones familiares; busca que conozca las simples alegrías de la infancia. Pero no puede evitar la sensación de que es distinta. Su madurez inexplicable, la forma en que lo mira, incluso la manera en que observa a otros niños.

Armándose de valor, decide guardar en cajas las pertenencias de Amanda. Mientras revisa el laboratorio, encuentra un tesoro relegado a una esquina olvidada. Es un diario lleno de anotaciones meticulosas. Sabía que Amanda registraba sus investigaciones, pero no esperaba encontrar páginas dedicadas a reflexiones íntimas: una suerte de confesión personal.

“Los síntomas son claros”, lee, sintiendo cómo el corazón le golpea el pecho. “No hay duda de que heredé la enfermedad. Los primeros olvidos no son normales, aunque Eduardo no lo note. No puedo permitir que sospeche ni que se preocupe. Debo seguir adelante con mi trabajo”.

Eduardo se estremece y, con la vista fija en el escrito, pregunta: —Amanda... ¿por qué nunca me lo dijiste? ¿Por qué tuviste que cargar con esto sola?

Las palabras escritas, claras y decididas, pesan como plomo en sus manos. Las relee una y otra vez, como si al hacerlo pudiera desentrañar un mensaje oculto. Amanda había cargado con su enfermedad en silencio, protegiéndolo. Se le hace un nudo en la garganta, una mezcla de pena, culpa y admiración por su fortaleza.

Sus dedos recorren las páginas hasta detenerse en un pasaje que lo hiela.

“Encontré algo. No es solo una cura, es algo más grande. La droga muestra efectos inesperados. Mi mente está más ágil, pero hay algo más. No entiendo el mecanismo, pero... estoy mutando. El embarazo lo cambia todo, pero no puedo detener el tratamiento. Cada dosis es un paso más en un camino del que no puedo regresar. No sé cómo afectará a mi hijo, ni si lo estoy condenando. Pero no tengo opción: si dejo de tomarla, el retroceso nos mataría; si continúo, la claridad me abruma. Me preparo para enfrentar lo que venga. No hay marcha atrás”.

Eduardo deja caer el diario sobre la mesa. Sus manos tiemblan. Amanda no solo había luchado contra el Alzheimer, había cruzado un límite. Su mente se llena de preguntas imposibles de acallar.

—¿Amanda... qué descubriste? —susurra, con una opresión en el pecho—. ¿Qué nos ocultaste?

Levanta la vista y observa a Luisa jugando en silencio. La sospecha lo sacude.

—¿Es posible que Amanda... Luisa...? —balbucea, incapaz de completar la frase.

El pensamiento es absurdo, monstruoso. Pero la semilla de la duda queda plantada. Algún día deberá enfrentarse a ella, aunque no esté seguro de querer conocer la verdad.

Luisa crece a un ritmo que parece seguir el compás de un reloj distinto. Cada nuevo logro —sus pasos, sus palabras— es el eco de una vida pasada que Amanda siente estar recuperando. Estos momentos no solo marcan el crecimiento de Luisa, sino un renacer compartido: dos almas coexistiendo en un mismo cuerpo.

—Sos increíble, Luisa —dice Eduardo, viéndola caminar con firmeza—. Tan chiquita y ya tan segura.

Luisa sonríe. Sus ojos brillan mientras avanza con decisión. Eduardo la contempla, conmovido por la niña que transformó su mundo.

Amanda, atrapada en esa dualidad, se esfuerza por aparentar normalidad. Pero no puede evitar exhibir una inteligencia inusual, una comprensión que desafía su edad.

Con apenas dos años, Luisa está sentada en el césped del jardín, absorta en un libro de biología que Eduardo dejó olvidado. Para cualquier niño, las complejas imágenes de células y órganos serían un revoltijo de formas, pero ella parece hechizada.

Eduardo se acerca despacio, respetando su concentración.

—¿Qué hacés, cariño? —pregunta con incredulidad.

—Leo —responde con total naturalidad.

—¿Leyendo, eh? —se sienta a su lado—. ¿Y entendés algo de lo que dice?

—Los dibujos... son lindos —responde. Pero la forma en que sus dedos siguen los trazos revela una comprensión que va más allá.

Eduardo sonríe, intentando calmar su inquietud.

—Sabés, tu mamá también miraba estos dibujos. Para ella eran como tesoros —dice con tono cómplice—. Quizás lo heredaste de ella.

Luisa lo observa fijamente. Eduardo nota un brillo particular, casi un reconocimiento. Justo cuando está por decir algo más, ella rompe el silencio.

—Papá, ¿creés que mamá era feliz con sus dibujos?

—Sí, mi amor... Era muy feliz con ellos —responde tras una pausa—. Y creo que vos también podés serlo, si eso es lo que querés.

—¿Esto es lo que ella hacía? —pregunta, señalando una ilustración—. ¿En serio creés que yo también podría hacerlo? Quiero ser como ella.

—Claro que sí. Podés ser como ella y mejor. Tenés todo el tiempo del mundo para aprender.

Eduardo aprovecha la charla, intentando llegar más allá. Acomoda una hebra de cabello detrás de su oreja.

—Sos... especial. No sé cómo explicarlo, pero hay algo en vos que me hace sentir... como que hablara con alguien... alguien mayor.

—¿Eso es malo? —pregunta Luisa con expresión inocente.

—No, no es malo —ríe—. Pero a veces... me pregunto si sos feliz. Si te gusta ser distinta.

—Papá, a veces me siento diferente. Pero estoy bien. —Le sonríe y su voz se suaviza—. Con vos tengo todo lo que necesito.

Conmovido, la abraza y cierra los ojos, aferrándose a la niña que ama.

Amanda nota que Eduardo insiste en ciertos comentarios y responde con cautela. La urgencia en su interior crece.

"Este cuerpo me frena, pero no por mucho tiempo... paciencia, todo pasa", piensa.

CAPÍTULO 6

El viejo laboratorio

La droga que Amanda había creado sigue siendo la clave. Un misterio que ni siquiera ella, como científica, hubiera podido imaginar, pero que ahora debe develar.

En la quietud de la noche, mientras la casa duerme, se desliza sigilosamente hacia el laboratorio, su santuario perdido, vestigio de su vida anterior. Bajo la luz tenue, revisa anotaciones y fórmulas. El aire del lugar tiene una calma reverencial; el tiempo parece suspendido entre esas paredes.

Allí, entre notas descoloridas y frascos desgastados, yace una verdad que podría desentrañar el mayor enigma de su existencia.

—Tengo que entender cómo sucedió esto... cómo mi conciencia llegó a este cuerpo.

Comprende que la enfermedad fue solo el principio, un umbral hacia algo que trasciende lo físico. Pero su identidad pende de un hilo, y si quiere proteger a Eduardo, debe actuar con una cautela extrema.

Durante el día, en la escuela, la presencia de Luisa resulta imposible de ignorar. Su madurez, sus palabras y la profundidad de su mirada desconciertan a todos.

Sus profesores la observan con asombro. Para ellos, Luisa es una paradoja viviente: una niña que piensa como una adulta.

—Luisa... —le pregunta una tarde la profesora de Ciencias, intrigada—. ¿Cómo sabés tanto sobre este tema?

Luisa sonríe, eligiendo una respuesta simple.

—Me gusta mucho leer, profe —dice, encogiéndose de hombros—. Mi papá siempre me dice que leer abre puertas a otros mundos.

La profesora le devuelve una sonrisa, satisfecha, aunque persiste cierta inquietud. Amanda percibe esa duda y la registra como una pequeña grieta que deberá vigilar con atención.

Un compañero se inclina y le murmura con envidia:

—¿Cómo es que lo sabés todo, Luisa? Mi papá dice que tenés un don.

—Es que me gusta aprender —responde con suavidad. Pero en el fondo, Amanda siente cómo esa respuesta repetida empieza a desgastarse.

Los gestos de Luisa acentúan las dudas de Eduardo. Algunos le resultan dolorosamente familiares: la forma en que se concentra, el brillo de sus ojos, el modo en que frunce el ceño ante un desafío.

Una noche, se detiene en el umbral de su habitación y la observa leer bajo la luz del escritorio. Su silueta, recortada por la penumbra, le arranca un recuerdo que lo atraviesa.

"A veces es como si te viera a vos, Amanda", piensa, vencido por la añoranza.

Rodeada de viejos cuadernos y libros, la mente de Amanda regresa al plano científico. En esas horas solitarias, se sumerge en el intrincado laberinto de la biología y la neurociencia, buscando respuestas.

—¿Alguien más podría entender todo esto alguna vez? —murmura, mientras repasa sus viejas anotaciones, talismanes de un conocimiento que la sostiene en su condición única.

¿Cómo pudo la droga trasladar su conciencia? ¿Qué explicación puede darle la ciencia? ¿Es realmente la única, o existen otros como ella?

Sumida en sus notas, se inclina sobre el escritorio. Su concentración, casi obsesiva, queda iluminada por el resplandor de la lámpara. En ese instante de soledad absoluta, deja escapar un juramento:

—Voy a llegar al fondo de esto, cueste lo que cueste. Mi vida, mi verdad, dependen de ello. No puedo detenerme.

Pero, al llegar el amanecer, se ve obligada a ocultarse una vez más, a ponerse la máscara de Luisa, aprisionando sus pensamientos y su pasado.

CAPÍTULO 7

Un simple error

A los veintitrés años de Luisa, Amanda siente que no puede esperar más. Dedicó su vida a desentrañar el secreto que corre por sus venas. Sabe que la clave está en sus manos: repetir el milagro —o la maldición— que la trajo a este cuerpo.

La fecundación in vitro con cromosomas XX elimina el azar. Solo siendo mujer puede asegurar que el ciclo se perpetúe, generación tras generación.

Una vez confirmado el embarazo, avanza al siguiente paso: la síntesis e ingestión de la droga. Aquella sustancia que marcó un antes y un después en su existencia se convierte ahora en el vínculo con lo eterno.

—Este es el precio de la claridad... y de la eternidad —piensa, mientras un escalofrío le recorre el pecho al tragar la primera dosis, sellando un pacto que trasciende lo físico y la conduce al umbral donde la vida y la muerte se entrelazan.

No hay retorno posible, la elección ya está hecha.

A Eduardo no le agrada en absoluto que su hija quiera quedar embarazada tan pronto y sin una pareja estable. Pero el carácter de Luisa es demasiado fuerte para que él pueda disuadirla. Desde niña ha hecho gala de una independencia feroz.

Sin fuerzas para largas discusiones, Eduardo cede con resignación y se refugia en las finanzas, ese territorio donde los números lo obedecen y su fortuna crece día a día.

Los primeros meses del embarazo transcurren en una calma aparente. La droga no solo agudiza sus sentidos, sino que también amplifica sus pensamientos. A medida que su vientre crece, Luisa se siente más viva que nunca, protagonista del ciclo de la vida eterna.

Recostada en su habitación, Amanda recuerda cómo, sin proponérselo, se convirtió en Luisa. Entonces eleva una plegaria a su madre, la inspiración original de su vocación científica.

—Madre, dame fuerzas... En tu honor, mi hija llevará tu nombre.

Al llegar el octavo mes, el precario equilibrio que Luisa logró mantener durante el embarazo se quiebra de forma abrupta. En plena madrugada, un dolor lacerante le cruza el abdomen, arrancándola del sueño para sumirla en el terror.

—¿Ahora? —pronuncia paralizada, hasta que logra volver a articular—. No, aún no... no estamos listas hija... todavía no —queriendo frenar lo inevitable.

Internada en el hospital, a pesar de los cuidados médicos y los sedantes el dolor no cede. Horas después, cuando la última barrera de resistencia se rompe, Luisa da a luz a Carla.

El llanto de la recién nacida irrumpe, anunciando su llegada. Para Luisa, esa pequeña figura es mucho más que una hija: Carla representa la continuidad, el eslabón de una cadena que se extiende hacia la eternidad y que ahora late en sus brazos.

—Hola Carlita... —susurra, emocionada—. Sos mi esperanza...

Agotada, Luisa se deja atrapar por el sueño, mientras Carla duerme sobre su pecho.

Tras el parto, Luisa se sume en una vigilia silenciosa, teñida de una devoción rayana en la obsesión. Pasa horas estudiando cada gesto de su hija, buscando la más mínima señal que confirme que la transferencia de conciencia dio el fruto esperado. “Tiene que haber una señal”, se repite insistentemente, aferrándose a la idea de que su esencia, en el cuerpo de Carla, solo necesita tiempo para despertar y justificar su sacrificio.

—Carla... sé que estás ahí —murmura, con la voz temblando entre la ternura y la expectativa—. No tengas miedo. Yo también pasé por esto. Podés hablarme, cariño... podés confiar en mí.

Pero la bebé responde solo con balbuceos y sonrisas inocentes, propias de un recién nacido, ajena al abismo de expectativas que pesa sobre sus hombros. Luisa, sin embargo, no se rinde. Día tras día insiste, convirtiendo la cuna en el altar de una fe desesperada.

Así, entre rituales de esperanza e intentos por conectar, los meses pasan y el silencio de Carla se vuelve definitivo. La dulzura de sus ojos y su inocencia terminan por erosionar la fe de Luisa.

Al final, solo queda una verdad fría y amarga: Carla es una niña común. No hay transmisión de conciencia ni ciclos continuos. Los sueños que había depositado en ella se desmoronan, diluyéndose en esa realidad que no puede seguir ignorando.

La derrota duele de verdad. Y en la amargura de su fracaso, regresan los viejos cuestionamientos: ¿por qué ella? ¿Cuál fue el verdadero motivo de su renacer?

Pero, en medio de esa tristeza, surge un destello de lucidez que lo cambia todo: ¿y si el error no estuvo en el proceso, sino en el orden de los factores? De pronto, los recuerdos de los pasos que siguió vuelven con total nitidez. Amanda estaba bajo el tratamiento de la droga mucho antes de siquiera concebirla.

Ese minúsculo detalle, ese orden no contemplado...

—¡Era tan obvio! —sus palabras escapan con incredulidad—. Primero la droga... ¡Siempre tiene que ser primero la droga!

El vértigo la invade al comprender la magnitud de su error. Pero de ese abismo nace, intacta, la posibilidad de redimirse. Ahora, con una frialdad renovada, sabe que está dispuesta a cruzar cualquier límite con tal de asegurar el éxito.

Durante esos meses, descubre un hecho aterrador: una vez que la droga se arraiga en el sistema, no hay vuelta atrás. Aunque en este cuerpo jamás padeció el Alzheimer, su mente depende por completo de la droga. Si la abandona, su conciencia se desmorona, consumiéndose en una degradación implacable que la lleva a la muerte.

Su acondicionamiento avanza, y cuando entiende que su cerebro está listo, inicia el proceso de fecundación in vitro.

Aprovechando la generosidad de Eduardo, que comparte su fortuna con ella, equipa el laboratorio con tecnología de punta. No hay espacio para la duda: monitorea con precisión quirúrgica cada cambio en su organismo y, crucialmente, en el desarrollo de Julia.

Con los equipos de imagenología cerebral a su disposición, observa en tiempo real los efectos de la droga. La lucidez que alcanza es un efecto conocido para ella, pero lo que realmente la cautiva es el impacto en el cerebro en formación de la beba.

Este no es un embarazo ordinario, ni Luisa una madre común. Es una científica a la que su intuición le asegura que, por fin, está en el camino correcto.

—No es solo por mí, Julia... No es solo por vos —piensa, rodeada de computadoras—. Es por todas las veces que este ciclo pueda repetirse, por cada vida en la que lleguemos a nacer.

—Esta vez no habrá errores... ¡Esta vez naceré yo!

CAPÍTULO 8

Meninges

Luisa observa cada avance en el desarrollo de su bebé con fascinación y terror. La nitidez de las imágenes potencia esta dualidad, desplegando ante sus ojos el milagro de la vida con una claridad asombrosa. Células, fibras, neuronas: todo se revela como las piezas de un rompecabezas vivo que intenta descifrar. Meses de vigilancia minuciosa la han mantenido hipnotizada; un detalle tras otro la arrastra al abismo de su propia creación.

—Es una maravilla... —murmura, llevándose los dedos a las sienes, intentando contener el torbellino interior—. Una maravilla y un delirio. ¿Es mi hija o... soy yo renaciendo?

En su búsqueda por descifrar el mecanismo de la perpetuidad, Luisa descubre una alteración que supera toda predicción científica.

Las meninges, esas capas vitales que protegen el cerebro y la médula, están siendo reemplazadas por una versión sintética generada por la propia droga que ella misma creó.

Es en ese instante cuando comprende la verdadera función de las meninges sintéticas y el motivo por el cual revirtió el Alzheimer en Amanda: actúan como un conector periférico entre neuronas. Su función no se limita a proteger y nutrir al cerebro, sino también acelera la conectividad sináptica, amplificando el rendimiento cerebral más allá de los límites naturales.

—¿Hasta dónde me llevará todo esto? —se pregunta, recordando que no todo en la ciencia puede controlarse—. ¿Cuál será el precio de esta locura?

Entonces, un nuevo eslabón del misterio se revela: la sustancia traspasa la placenta. La pantalla le muestra a Luisa el trayecto que sigue desde su cuerpo hasta el de su hija. Una membrana sintética, idéntica a la que recubre su propio cerebro, comienza a formarse sobre la diminuta estructura cerebral de Julia.

—Increíble... — balbucea, sorprendida pero consciente de comprender la lógica del proceso.

Es un hecho: la droga no solo transforma su mente, sino también la de la pequeña vida que gesta. Los hologramas exponen los fundamentos de esa condición casi inhumana. Y, aunque el hallazgo debería colmarla de satisfacción, una sensación de asfixia la invade.

—Este es el precio de la eternidad... pero... ¿Qué te estoy haciendo, mi chiquita? —pregunta, acariciando su panza.

El ciclo debe continuar, ha llegado demasiado lejos para retroceder. Pero en su hija ve algo más profundo: un ser irreversiblemente marcado, transformado de un modo que nunca habría podido anticipar. Lo que comenzó como un proyecto científico mutó en algo oscuro, algo que quizá la vida misma no perdone.

Posa los dedos sobre la imagen proyectada de la cabeza de su hija en el holograma, como si pudiera tocarla. —Si realmente me equivoco, te pido perdón, Julia. Esto no debería ser tu carga.

“Pero no estás sola... todas estamos en vos”.

Mientras su mente divaga, Luisa levanta la vista hacia una vieja fotocopiadora del laboratorio, una Xerox que tantas veces usó para reproducir documentos. Un escalofrío le recorre el cuerpo al advertir el paralelismo: las meninges sintéticas operan como una máquina de copiado biológico, replicando con precisión las mentes de Amanda y de ella misma en Julia.

Al aproximarse al séptimo mes de embarazo, Luisa nota cambios en su propio cuerpo. Los dolores de cabeza regresan con intensidad, como si su mente estuviera siendo comprimida desde dentro. La claridad mental empieza a desmoronarse y cada pensamiento se convierte en una batalla.

Desesperada, se somete a una batería de estudios y lo que ve la llena de pavor. Las meninges que habían fortalecido su mente, empezaron a degradarse.

—No... no puede ser... Esto es una crueldad... —murmura con terror.

La droga que prometía extender su conciencia ahora la abandona. Solo protege a Julia, dejándola vulnerable, como una fortaleza cuyos muros han caído.

Observa nuevamente el monitor con la imagen de Julia y, en ese mismo cristal, distingue el reflejo de sí misma, entrelazando su presente y su futuro en un juego perverso.

Cuando un feto se desarrolla, extrae de su madre los nutrientes esenciales para crecer: hierro, calcio, vitaminas. La meninge sintética no es diferente. La copia que realiza es tan precisa que no solo reproduce cada detalle, sino que lo optimiza, creando una versión perfeccionada. Finalmente, esa copia reemplaza al original, descartando lo viejo. Como un parásito perfecto, absorbe todo lo necesario para fortalecerse, anteponiendo su supervivencia a la de su creadora.

—Esto no es más que el destino... Amanda, tu legado sigue vivo.

La transferencia cobra su precio: el cerebro de Luisa queda desprotegido, asediado por infecciones y al borde del colapso.

—Al final... todo sigue su curso. —Una serenidad inesperada la envuelve, apaciguando el dolor que atraviesa su cuerpo—. Esta es mi despedida.

En su última noche consciente, agotada pero en paz, Luisa acaricia su vientre y se despide en silencio, mientras el dolor se vuelve una presencia casi reconfortante. Ha cumplido su propósito.

Eduardo siente una opresión familiar en el pecho cuando Luisa colapsa, apenas un mes antes de dar a luz. Los recuerdos de cuando Amanda se desplomó en circunstancias similares regresan con brutalidad. El mismo pánico, la misma impotencia: un déjà vu devastador.

—No otra vez... —gime, quebrado por el miedo mientras toma la mano de Luisa—. No puedo perderlas a ambas... otra vez no... ¡No puedo!

La lleva al hospital, luchando por mantener la calma mientras el tiempo parece ralentizarse durante el camino; cada instante es una eternidad.

Al llegar, los médicos actúan con urgencia, pero en el aire del quirófano flota una sensación de fatalidad imposible de ignorar.

La cesárea de emergencia se convierte en la única esperanza, en medio de una tragedia que se repite.

Eduardo espera largos minutos en el pasillo, acompañado por su nieta Carla, aún demasiado chica para quedarse sola en casa.

Prisionero de un bucle del que no puede escapar, sintiendo cómo la vida de quienes ama pende de un hilo tan frágil que casi puede oírlo tensarse.

La enfermera se le acerca, sosteniendo a una beba envuelta en mantas. Su voz es suave y contenida, y en su mirada brilla una mezcla de compasión y ternura.

—Es una niña, señor... Nació sana y fuerte —le dice, con una sonrisa fugaz.

Eduardo aspira hondo, y por un instante siente alivio. Sus ojos se encuentran con los de la recién nacida. Ese verde lo deja inmóvil.

—Julia... —El nombre apenas logra salir de sus labios.

Mientras la vida de Julia se enciende, la de Luisa se apaga. Los médicos lo intentan todo, en vano. La historia se repite, y Eduardo lo sabe.

Observa el rostro de Luisa y ve cómo la serenidad cubre sus facciones con una paz que lo desconcierta. Sus manos, cálidas y suaves entre las suyas, le ofrecen una última despedida.

Atrapado entre la vida que apenas comienza y la que se desvanece, solo puede mirar, sintiendo que el tiempo, una vez más, le arranca lo que más ama.

—Adiós, hija —murmura Eduardo con dulzura, mientras le da un beso en la frente—. Te voy a extrañar...

Eduardo alza a Carla y la acerca a la cama. Ella se aferra al cuello de su madre con la fuerza torpe de sus tres años, como si intuyera que ese abrazo debía durar para siempre.

—Te quiero, mami... —susurra con su vocecita, dejándole un beso húmedo sobre la mejilla ya pálida.

Carla, sin entender del todo, corre desorientada por el pasillo con los ojos empañados, como queriendo huir del pitido continuo del cardiógrafo.

CAPÍTULO 9

Regeneración

Cuando Eduardo mira a Julia, regresa esa sensación conocida de que lo observa con plena conciencia, idéntica a la que le provocaba Luisa.

Marcado por el historial de lecciones que la vida le ha impuesto, decide someter a su nieta a controles exhaustivos, en busca de una calma que el destino parece empeñado en negarle.

Debería ser un examen de rutina, pero pronto se convierte en un enigma que sumerge a todos en un mar de incógnitas. Las imágenes cerebrales revelan una anomalía insólita en las meninges, algo que desafía toda lógica médica.

Lo que ignoran es que la meninge sintética se degrada ante la ausencia de la droga. Sin embargo, a diferencia de lo ocurrido con Luisa, el joven cerebro de Julia, aún en desarrollo, inicia un proceso espontáneo de regeneración: sus células reemplazan las estructuras artificiales y reconstruyen las meninges sin intervención externa. Lo creado por el hombre cumplió su ciclo, y la naturaleza vuelve a tomar el control.

Los médicos observan desconcertados cómo el tejido original cede, dándole paso a uno nuevo. En medio del asombro general, un neurólogo veterano toma la palabra.

—Es un caso absolutamente atípico —explica, mirando las imágenes—. Julia no nació con una meninge común; parece tratarse de un tejido especial. No tenemos siquiera una clasificación para esto. Su composición es distinta a la de cualquier tejido que conozcamos.

Eduardo, en silencio, observa cada detalle que el médico le muestra.

—Conforme pasan los días —continúa el especialista—, vemos que el tejido meníngeo congénito está siendo absorbido y reemplazado por otro nuevo, completamente normal.

El médico frunce el ceño y prosigue.

—La regeneración de ciertos tejidos, como las falanges, sí tiene antecedentes en recién nacidos —explica, esforzándose por dar sentido al fenómeno—. Hay casos documentados en los que los bebés, debido a la intensa actividad celular de esta etapa de crecimiento, son capaces de regenerar pequeñas estructuras, incluso huesos. Pero esto... —dice, observando otra vez la pantalla— es distinto. No tiene precedentes.

Eduardo, más que nunca, no puede evitar que su mente regrese a aquellas notas de laboratorio.

Mientras tanto, Julia permanece tranquila, ajena a las especulaciones médicas y a las inquietudes de su abuelo. Su cuerpo repara lo que la droga alteró, transformando lo artificial en biológico.

Cada noche, junto a la cuna, Eduardo se sumerge en pensamientos.

"¿Quién sos, Julia? ¿Qué secretos guardás?".

La conciencia de Amanda tiene un nuevo hogar, un nuevo cuerpo que la conducirá hacia el futuro.

Julia aún es una niña, común en apariencia. Tiene tiempo para descubrir quién es y los desafíos que le aguardan en esta vida.

Pero esta vez, las memorias anteriores afloran con mayor rapidez: el tiempo entre el nacimiento y la toma de conciencia se ha acortado, reduciendo la distancia entre lo que fue y lo que será.

Con los años, la relación entre Julia y Carla, que debería ser la de dos hermanas cualquiera, se vuelve particular. Por un lado, Julia, con su seriedad innata y esa intuición heredada; por el otro, Carla, con la ligereza despreocupada de quien no lleva ninguna carga.

Una noche, sentadas en el porche de la casa, mirando el cielo estrellado, Julia siente que no puede seguir guardándose lo que lleva dentro. Las estrellas se reflejan en sus ojos mientras habla en un tono que apenas rompe el silencio.

—Carla... —dice, mirándola de reojo—. ¿Alguna vez sentís que... sos diferente? Como si estuvieras destinada a algo más importante.

Carla frunce el ceño y suelta una risita nerviosa. La pregunta le resulta ridícula; no es capaz de captar la profundidad del planteo.

—¿Algo importante? No sé, ¿a qué te referís? —pregunta ella, curiosa—. ¿Como ser famosa o algo así?

—No, no famosa —dice Julia, sacudiendo la cabeza con una sonrisa—. Es otra cosa... como si tuvieras recuerdos que no son tuyos, cosas que te pasaron, pero que no te acordás.

Carla suelta una carcajada y alza una ceja, a la vez divertida y confundida.

—¡Ay, Julia! ¿De qué hablás? Siempre te inventás cosas raras. ¿Quién va a tener recuerdos de algo que no vivió? Eso es imposible. — agrega, todavía entretenida.

—A veces siento que conozco cosas que no debería conocer. ¿Nunca te pasó? —insiste Julia, sin apartar la mirada de las estrellas.

Carla sacude la cabeza, ya algo confundida.

—No, nunca. Y si algún día me pasa, ¡no te preocupes, voy a salir corriendo a decírtelo! Pero en serio, ¿de dónde sacás todas esas ideas? Parecés una vieja metida en el cuerpo de una nena. ¡Sos rara, Julia!

Julia sonríe, Carla, sin darse cuenta, acaba de decirle una gran verdad.

Carla, con un gesto algo burlón, le apoya una mano en el hombro.

—Lo que vos necesitás, hermanita, es dejar de pensar tanto y divertirte un poco más, como cualquiera. Deberíamos... no sé, correr por el jardín en vez de pensar en cosas raras.

Se pone de pie de un salto y tira de la mano de Julia.

—¡Vamos! ¡A ver si podemos trepar al árbol del fondo antes de que el abuelo se dé cuenta!

Julia se ríe mientras su hermana la arrastra por el jardín y, aunque sea por un instante, se permite ser solo una niña. Pero en el fondo sabe que su hermana nunca entenderá realmente su secreto.

Carla, aunque desconoce la verdad, intuye también una distancia extraña entre ellas, una diferencia que no sabe cómo explicar.

El vínculo que no logran construir se convierte en un acertijo que ninguna alcanza a comprender. Julia lleva en su interior una dualidad que Carla nunca podría imaginar: la realidad de ser a la vez hija, madre y abuela en un mismo cuerpo, de cargar con una identidad que la une a un pasado tejido de secretos. La aparente normalidad que rodea sus vidas es apenas una ilusión frágil, una máscara sutil que oculta una verdad tan intrincada como profunda.

En la sala, Julia toma un juguete y lo coloca con cuidado en una fila ordenada. Cada figura parece tener su lugar exacto. Carla, más impulsiva y espontánea, agarra otro y lo empuja entre los demás.

—¡Carla! Tenés que hacerlo así, en línea —dice Julia, sin notar que su voz adopta un tono autoritario.

Carla se detiene y frunce el ceño. Esa orden le toca una fibra íntima.

—¡Sos mi hermana menor! No podés decirme qué hacer —replica, empujando otra vez el juguete fuera de la fila—. ¡No sos mi mamá!

Julia intenta disimular su incomodidad ante el tono de Carla, pero no puede evitar insistir, convencida de su lógica.

—Pero es que, si los ponés desordenados, después no podemos jugar bien. Todo tiene que estar en su lugar, respetar un orden, ¿no lo entendés?

Carla suelta el juguete. Su rostro, ahora completamente serio, refleja algo más que fastidio.

—¿Qué sabés vos de hacer las cosas bien, Julia? ¡Ni siquiera conociste a mamá! ¡No tenés idea de lo que significa! —grita, con la voz cargada de rabia y dolor.

—Perdoname, Carla... No quería... —responde con arrepentimiento.

Pero Carla, con los ojos nublados por lágrimas que se niega a dejar caer, da un paso hacia su hermana y dice, sin poder contenerse más:

—Yo sí la conocí. Era mi mamá... y era la mejor. Buena, cariñosa, me contaba cuentos antes de dormir. Pero vos... vos no sabés lo que es perderla, porque nunca llegaste a tenerla. —Su voz se entrecorta por el llanto.

Los recuerdos que Carla tiene de Luisa son escasos y borrosos. Sin embargo, esos instantes que conserva en su mente han crecido con los años, moldeando una figura completa que defiende con la convicción de quien la tuvo siempre a su lado.

—Carla, no quiero hacerte sentir mal... Sé que mamá fue especial para vos, aunque casi no la conociste. Eras muy chica cuando murió. Solo quiero que estemos bien, las dos... —dice Julia con suavidad, tendiendo la mano hacia ella, intentando llenar de alguna forma ese vacío que ella misma le creó.

Pero Carla no la acepta. Da un paso atrás, con la rabia encendiéndose nuevamente.

—¿Qué yo casi qué? ¡Vos no entendés na-da! —grita, refregando la manga por su cara, llena de mocos y lágrimas, mientras patea los juguetes descargando su furia—. ¡Mamá era todo para mí! Y vos... —con el mentón tembloroso conteniendo un puchero—. Vos solo conocés sus fotos y las cosas que te cuenta el abuelo. ¡Te odio!

Las palabras de su hermana se clavan como cuchillas en el pecho de Julia. Entre ambas se abre un abismo tan profundo que hasta el eco de aquellas risas de infancia se desvanece para siempre.

"Yo... lo siento, Carla", piensa Luisa dentro de Julia, deseando poder decir algo que alivie el dolor en el corazón de su hija, ahora su hermana. "Siento que no puedas entenderlo... pero estoy acá".

Las discusiones entre ellas se vuelven una rutina amarga, dejando cicatrices invisibles. Julia, en su interior, carga con un amor que no puede expresar como Carla necesita. Carla, por su parte, sigue atrapada en el resentimiento por lo que perdió.

Julia se pregunta lo que nunca se atrevería a pronunciar en voz alta: "Si Carla supiera la verdad... ¿me querría o me odiaría? ¿Podría perdonarme?".

Aún muy jóvenes, ambas toman rumbos distintos. No por elección, sino por la imposibilidad de construir un vínculo que pudiera llamarse normal. Pero ¿qué es la normalidad en un mundo donde las leyes de la vida y la muerte, del tiempo y el renacimiento, se han vuelto ambiguas?

CAPÍTULO 10

El último adiós

Los años transcurren, arrastrando consigo la vitalidad de Eduardo, como una llama que se apaga. En su mirada solo queda el reflejo de una vida moldeada por la pérdida y los sacrificios.

Sus hermanos y sobrinos fueron un pilar fundamental en su vida, pero el amor por su esposa, su hija y sus nietas constituyó su verdadera razón de ser.

El tiempo no conoce clemencia. A sus ochenta y ocho años, yace en una cama de hospital, atrapado en la frágil frontera de la vida. El aire de la habitación está cargado con la inminencia del adiós. Las máquinas a su lado dan fe de que aún respira, mientras el atardecer filtra rayos dorados entre las cortinas, como un último saludo del sol que alguna vez iluminó sus días.

Su respiración entrecortada se acompaña de una tos ronca. A su alrededor, los rostros de sus familiares, junto al de Carla, se turnan en una vigilia agónica.

Eduardo sabe que su vida económica ha sido excepcionalmente próspera, una trayectoria en el mundo de las finanzas que le aseguró un legado de estabilidad para sus nietas y las generaciones por venir. Sin embargo, esa aparente tranquilidad no se refleja en su rostro. Hay algo que el éxito material nunca logró llenar; algo que, inexplicablemente, aún no llega.

El eco de unos tacones en el pasillo anuncia una llegada. Julia se aproxima, no con la prisa de quien teme la despedida, sino con la serenidad de quien ha aprendido a aceptar lo inevitable.

Al entrar a la habitación, se detiene un instante. Frente a ella, Eduardo yace frágil, casi irreconocible en su debilidad. El hombre que alguna vez fue su refugio, su sostén en los momentos de duda, hoy no es más que una sombra del ideal que encarnaba. Sin embargo, en su rostro aún pervive la chispa de amor y bondad que siempre lo definió.

Los párpados de Eduardo se abren. Su mano temblorosa se eleva apenas, en un gesto que no necesita explicación. Uno a uno, los familiares comprenden la señal y salen en silencio, incluida Carla.

Julia se acerca lentamente a la cama.

—Aquí estoy... Siempre con vos.

Eduardo entrecierra los párpados. Su mirada, fija en ella, se detiene en esos ojos tan familiares, tan profundamente conocidos, tan amados.

—Antes de irme... necesito saber... —su voz es apenas un susurro, quebrada por el esfuerzo, pero cargada con la intensidad de una verdad largamente esperada—. ¿Sos vos, Amanda?

El corazón de Julia se detiene, suspendido en el filo de una verdad que siempre temió enfrentar. Sabía que este momento llegaría, que los ojos de Eduardo veían más allá de su apariencia, pero saberlo no es lo mismo que vivirlo. La pregunta es poderosa: rompe las barreras de esta vida y despierta las memorias del pasado.

Julia da un paso más hacia él y lo mira, con los mismos ojos que alguna vez pertenecieron a Amanda, con esa ternura que supo reconfortarlo tantos años.

—Edi... —susurra con una dulzura inconfundible, esa que solo su esposa podía darle, dejando que su voz y su mirada confirmen la verdad que él siempre intuyó.

—Sabía que nunca te habías ido —murmura Eduardo, con el rostro sereno, al fin en paz—. Nunca dejé de sentirte.

Julia le devuelve la sonrisa con amor y se inclina para depositarle un beso en la frente. Al sentir el contacto, Eduardo cierra los ojos y una sonrisa tranquila suaviza sus labios. La certeza de que Amanda permanece, de que su amada continúa de algún modo, es el consuelo que su corazón necesitaba.

Con un último suspiro, se entrega al sueño eterno, dejando atrás este mundo en paz, abrazado por esa calma que solo el amor verdadero concede.

Julia permanece inmóvil. A su alrededor, el mundo sigue su curso, pero en su interior algo se desgarra. La partida de Edi confirma que el viaje hacia el futuro será un camino que deberá recorrer sola.

CAPÍTULO 11

Mentira Piadosa

Julia está sumida en un vacío abrumador. La muerte de Eduardo marca el fin del último vestigio de lo que alguna vez fue su vida. Ahora se enfrenta a la inmensidad de su propia existencia, interminable.

Pasa los días recorriendo habitaciones vacías, donde cada rincón resuena con ecos de risas y voces que ya no están. Sus manos abren surcos en el polvo acumulado sobre las superficies, como si desenterrara recuerdos que el tiempo le arrebató.

Carla se acerca a Julia en el comedor, se sienta frente a ella y rompe el silencio.

—¿Sentís algo? —pregunta, dibujando círculos sobre la mesa—. ¿Algo... al recordar al abu?

Julia intenta responder, pero las palabras se le atoran en la garganta. No puede hablar. Baja la mirada y deja que el silencio hable por ella, esa barrera invisible que Carla aprendió a leer.

—Es como si siempre estuvieras lejos, incluso las pocas veces que estamos juntas —insiste Carla, exponiendo una tristeza acumulada durante años.

Julia ya no puede contenerse y rompe en llanto. Se acerca a Carla y la abraza fuerte, con una intensidad nunca antes demostrada.

Algo inesperado comienza a surgir. La muerte de Eduardo, en vez de separarlas aún más, termina por convertirse en un puente. Después de años de distanciamiento, de momentos compartidos pero incompletos, ahora ambas empiezan a acercarse, dándose la oportunidad de reconstruir lo que quedó fragmentado.

Julia sabe que sanar tomará tiempo, que las cicatrices no desaparecen fácilmente, pero abriga la esperanza de que su vínculo se fortalecerá.

Aprenden a caminar juntas, a compartir como hermanas y a quererse como mejores amigas. Finalmente, vuelven a disfrutar de la vida como si no existiera un mañana.

Cuando Edi muere, Julia se sumerge en una depresión profunda. En ese momento, cree que renacer es la única forma de enterrar el dolor, e inicia el proceso de la ingesta.

Sin embargo, el resurgir de su vínculo con Carla la lleva a posponer la fecundación, porque realizarla significaría perder lo que finalmente estaba reconstruyendo.

Ya lleva más de una década con su cerebro listo para la transición. Y, si bien apenas cuenta treinta y dos años, duda de cuánto podrá resistir: ha tenido que aumentar la dosis tras la aparición de los primeros signos de deterioro.

Al fin, Julia toma una decisión que sabe que ya no puede postergar. Pero antes debe hablar con Carla y, al menos con una mentira piadosa, darle un marco de comprensión que parezca creíble, para prepararla para lo que pronto tendrán que enfrentar.

La historia no es complicada: una enfermedad rara, hereditaria, que ocultó para no preocuparla. El deseo de dejar un legado, como hizo su madre, teniendo una hija a la que Carla pueda cuidar.

Con este nuevo vínculo, las largas charlas fluyen con naturalidad. Hay llantos, cuestionamientos, pero finalmente llega la aceptación.

Julia posee la fórmula de la eternidad, pero en esta vida no le sobra el tiempo, ese compañero invisible que nunca se detiene también le impone sus reglas: no puede arriesgarse a que su mente se degrade sin haber reencarnado, ni sobrepasar los treinta y cinco años para concebir. Dos límites que debe respetar si quiere evitar los riesgos que acechan en cada uno de sus renacimientos.

Tampoco va a mentirse a sí misma: el sabor de viajar al futuro le resulta irresistible.

Nace Helena, y con ella confirma lo que ya había notado en Julia: con cada renacer, su conciencia despierta con mayor rapidez. Cada nueva vida acelera el proceso de recuperación de sus recuerdos y conocimientos. El tiempo que transcurre entre la Xerox del vientre y la plena conciencia se acorta de manera vertiginosa.

Carla enfrenta el dolor, pero agradece profundamente aquellas charlas previas que la prepararon y le dieron fuerza para resistir. Recién ahora comprende por qué Julia se anticipó: siempre estuvo un paso adelante en todo.

Cuidar a Helena como a su propia hija se convierte en un acto de amor y redención, la razón que da sentido a su existencia en medio de la tristeza.

Una noche, mientras la sostiene en brazos y le acaricia el cabello, Carla murmura al viento:

—Julia... Helenita tiene tus ojos, tu misma mirada tan única.

Helena calla; conoce bien los límites de su propio secreto.

Y así, rodeada de amor, crece con todo lo que ha sido y con la expectativa de lo que aún está por ser.

CAPÍTULO 12

La vidente

Helena avanza por la plaza con pasos ligeros. La experiencia le ha enseñado a salir adelante y adaptarse a cada mundo que la rodea. El cielo, de un azul brillante, inyecta energía al ánimo general. A su alrededor, la primavera despliega todo su esplendor: el aire se impregna de fragancias dulces, las flores estallan en color en cada rincón y los niños, como pájaros recién liberados, llenan el espacio con risas que revolotean en el viento.

A su lado, Sofía parlotea, ajena a la realidad interior de su amiga. Su voz es ligera, saltarina, como si el mundo entero existiera únicamente para su entretenimiento.

—¿Me estás escuchando, Hele? —Sofía la mira de reojo y le da un suave codazo—. ¡Parecés estar en otro planeta!

Helena sacude la cabeza y le sonríe.

—Perdoná, Sofi, es que... estaba distraída. Nada importante.

—Sí, claro... "nada importante" —responde con un dejo de ironía—. A veces pienso que te guardás hasta las cosas de mí, ¿eh? Uno de estos días te voy a hacer confesar todos tus secretos.

Helena le lanza una sonrisa fugaz. Pero, antes de que pueda contestar, Sofía cambia el tono de su voz, que adquiere un matiz emocionado, lleno de expectativa.

—¡Mirá eso! —exclama, señalando una tienda pequeña y oscura al borde de la plaza, con un cartel que anuncia "Lecturas de Tarot y Vidente"—. ¡Entremos! ¡Tiene que ser divertido!

Helena dirige la mirada hacia donde señala Sofía. Una tienda, con cortinas de terciopelo morado, que parece desentonar en medio de la calidez del día, como arrancada de un sueño antiguo y olvidado.

—No, no creo que sea buena idea —responde Helena, con un tono que delata un dejo de nerviosismo.

Sofía la mira con una sonrisa cómplice y traviesa.

—¡Dale! No seas así. Es solo un juego. ¿Qué puede pasar? —le dice, tomándole de la mano y tironeando hacia la tienda—. Un ratito nomás, Hele. Ni te vas a dar cuenta.

Sofía insiste, riendo, como si todo fuera parte de un juego.

—¿Qué pasa? ¿Tenés miedo? —la provoca con tono burlón—. ¡Prometo no dejar que te maldigan ni nada raro!

—Está bien, pero solo porque no quiero que me lo recuerdes toda la semana; te conozco —contesta, intentando sonar despreocupada, a pesar del presentimiento que la alerta.

Al entrar, el aroma a incienso lo satura todo, mezclado con la luz tenue de las velas que arden en rincones ocultos, proyectando sombras danzantes sobre las paredes cubiertas de telas oscuras. El aire, que afuera era fresco y acogedor, se espesa, como una barrera invisible que las aísla del mundo exterior.

Sentada detrás de una mesa redonda cubierta de terciopelo, una joven mujer de rostro sereno las observa entrar. Viste una túnica de colores imposibles. Sonríe y las invita a sentarse.

Sofía es la primera en acercarse, emocionada como una niña ante una sorpresa inesperada.

—¿Cómo funciona esto? —pregunta, apenas logrando contener su entusiasmo—. ¿Me va a decir si voy a viajar pronto, si voy a conocer a alguien especial o algo así?

La vidente la observa y empieza a barajar las cartas con movimientos lentos, ceremoniales, exhibiendo en cada gesto una sabiduría ancestral. Las cartas se despliegan sobre la mesa, llenas de símbolos y colores que parecen tener vida propia.

Las predicciones para Sofía son inofensivas, casi superficiales: amor, decisiones, oportunidades. Palabras que parecen haber sido dichas mil veces. Sofía ríe y bromea, sin prestarles demasiada atención.

—¡Lo sabía! —exclama Sofía, entre carcajadas—. ¡Me dijo que iba a encontrar un gran amor! Bueno, ya veremos quién es el afortunado...

Helena le sonríe, y su atención se desvía hacia la vidente. Los ojos de la mujer clavan en los suyos. Un frío repentino la invade. Es su turno.

Helena se sienta. El bullicio de la plaza, tan vibrante hasta hace un momento, parece haberse desvanecido. El silencio es absoluto.

La vidente extiende las manos, y Helena, luchando contra su reticencia, coloca las suyas sobre las de ella. Al primer contacto, una descarga las atraviesa. La vidente da un respingo, como si una corriente invisible hubiese fluido entre ambas.

La mujer, que hasta entonces irradiaba una serenidad casi sobrenatural, abre los ojos de par en par, colmados de asombro y de terror. Por un instante, todo parece detenerse: el tiempo, el espacio, incluso la respiración de Helena.

—¿Con quién estoy hablando? —murmura la vidente, con un tono que trasciende la mera curiosidad. La pregunta no es inocente, ambas lo saben.

Helena está paralizada, el cuerpo no le responde. De pronto, se siente desnuda, expuesta sin su permiso, bajo la mirada inquisitiva de esa extraña.

—¿Qué... qué quiere decir? —balbucea, aterrada, incapaz de articular ni sus propios pensamientos.

La vidente fija la vista con mayor intensidad, atraviesa la carne y los huesos de Helena, queriendo vislumbrar aquello que anida en lo más profundo de su ser.

—Vos sabés... Lo que llevás dentro no es de ahora —afirma inquisitiva—. Hay otros tiempos. Esto... —sacude la cabeza, desconcertada; lo que percibe le resulta incomprensible—. Esto es antiguo, veo otros nombres, pero el primero... ese sigue presente.

Una convulsión violenta sacude a la vidente. Sus ojos se enrojecen de sangre mientras su cuerpo se arquea en un espasmo grotesco. De su garganta brotan sonidos guturales, primitivos y aterradores. Luego, vomita una bilis verdosa, y un grito desgarra el silencio: "¡ECDYSIS! ¡Abominación!".

Helena, presa del pánico, retira bruscamente las manos, traicionada por un temblor incontrolable.

—No sé de qué está hablando... —responde, mirando de reojo a Sofía con la esperanza de que ella no entienda nada, rogando que la vidente deje de mirarla de esa manera.

Se pone de pie y sale de la tienda corriendo, ignorando las preguntas inevitables de su amiga, que la sigue, perpleja y desconcertada.

—¡Hele! —exclama Sofía al alcanzarla—. ¿Qué pasó ahí adentro? ¿Qué gritaba esa loca? Parecías haber visto un fantasma o algo así...

Helena respira con dificultad. Intenta calmarse, pero está aturdida. Su secreto fue descubierto.

Afuera, el aire fresco le relaja el rostro, pero no la alivia. La plaza, iluminada por una luz dorada y llena de risas despreocupadas, parece ajena a la tormenta que acaba de desatarse en su interior.

Avanza rápido, como escapando de un lugar que ahora le resulta claustrofóbico, pero no puede huir de la sensación que la persigue. Por primera vez en mucho tiempo, alguien tocó lo más profundo de su ser, ese rincón que siempre mantuvo oculto con tanto recelo.

Sofía la toma del brazo y la detiene en seco, arrancándola de sus pensamientos oscuros.

—¿Helena, qué te pasa? —pregunta, esta vez con genuina preocupación—. Fue solo una vidente... ¿verdad?

Con la vista fija en el horizonte, intenta recomponerse y calmar su corazón, que amenaza con salirse del pecho.

—Sofía, por favor... vámonos de acá —dice al fin, con un tono firme y autoritario.

Sofía busca en sus ojos alguna pista que le dé una explicación. La confusión se dibuja en su rostro, pero al ver la intensidad en la mirada de Helena, decide no insistir.

—Está bien, pero no me dejes así. Podés hablar conmigo, sabés que siempre estoy para vos —dice, soltando su brazo, aunque la preocupación no se disipa.

Helena siente gratitud por la ternura de su amiga, pero la imperiosa necesidad de huir de la plaza se convierte en su único deseo.

Aún conmocionada, avanza sin mirar y cruza la calle, sumida en sus pensamientos. Su imprudencia tiene consecuencias inmediatas: el conductor no alcanza a reaccionar, y el impacto es seco, brutal. Cae a varios metros, y su cabeza emite un crujido opaco al golpear contra el asfalto. Los gritos de Sofía se diluyen, el sol se apaga y todo se vuelve oscuridad...

Largos meses de kinesiología e intervenciones quirúrgicas transcurren en un intento por recuperar la normalidad, pero las imágenes de las resonancias magnéticas revelan fracturas irreparables en las vértebras L4 y L5.

La paraplejia se convierte en su nueva realidad; la silla de ruedas, en su prisión.

Un giro inesperado del destino... una condena que sería irreversible para cualquier mortal. Pero no para Helena. Ella sabe exactamente qué hacer.

CAPÍTULO 13

El Escorpión

Efectivamente, con cada nueva existencia recobra la conciencia de sí misma con mayor rapidez. Esta vez, apenas una semana después de haber nacido.

Vuelve a disfrutar de la plena movilidad de su cuerpo, aunque la lección aprendida la ha vuelto más cautelosa.

Criada por su tía abuela Carla, Victoria se forma en una ciudad donde la moral es un recuerdo lejano. Para quien posee el secreto de la eternidad, unas décadas más no significan nada; solo un precio menor mientras espera que la sociedad recupere algo de su antiguo orden.

Pero el mundo ya no es el mismo: los controles estatales asfixian y el acceso a los ingredientes del compuesto se ha vuelto imposible por la vía legal. Sabe lo que busca y conoce el riesgo que asume.

Se aventura hacia los márgenes urbanos, donde la ley no alcanza y el miedo se comercia como cualquier mercancía. Escucha los rumores, los sigue, y comprende que su única salida se esconde bajo tierra, entre aquellos que trafican el veneno del mundo.

Su primera incursión en ese submundo le deja un nudo en el estómago, pero no tiene alternativa. Allí, el control de las sustancias químicas que necesita está en manos de hombres cuyo poder no conoce límites.

—Esto es lo último que esperaba tener que hacer —murmura para sí, mientras observa a su alrededor, atenta a cada sonido.

Día a día se adentra un poco más. Encuentros tensos, miradas afiladas, contactos fallidos...

Finalmente, después de muchos intentos, llega el día en que el destino se presenta bajo la forma de un hombre conocido únicamente como el Escorpión.

En un almacén abandonado, oscuro y húmedo, rodeada de cajas que apestan a ilegalidad y custodiada por hombres armados, Victoria enfrenta el momento más decisivo de su vida.

El Escorpión la observa con curiosidad, la mirada filosa de un depredador que reconoce el olor del miedo.

—¿Qué es lo que andás buscando exactamente? —pregunta con una sonrisa torcida.

Victoria mantiene la calma, consciente de cuánto hay en juego. Se incorpora, buscando transmitir seguridad, y responde con frialdad:

—Necesito ciertos compuestos para un experimento privado —dice, midiendo cada sílaba—. Cosas que no puedo conseguir en farmacias.

El Escorpión la observa en silencio durante unos segundos que parecen eternos.

—Ah, ya veo... —suelta una carcajada seca que retumba en el galpón—. Una dama de ciencia jugando en el bosque de los lobos. ¿Creés que todo el mundo tiene precio, no?

—Todo tiene un precio; incluso vos y yo —responde Victoria, sosteniendo la mirada.

Los ojos del Escorpión se entrecierran, evaluándola. Su sonrisa se amplía, mostrando una fila de dientes que parecen dispuestos a morder. Se inclina hacia ella, invadiendo su espacio con la arrogancia de quien disfruta del dominio.

—No sos una clienta cualquiera —su voz cargada de insinuaciones—. ¿Qué buscás realmente? No sos una adicta ni una traficante. ¿Quién sos?

Ella sabe que un solo desliz le costaría la vida.

—Soy simplemente alguien dispuesta a pagar por lo que necesita. El dinero habla.

—Muy bien, dama de ciencia, el dinero habla, pero... —Su voz se vuelve un gruñido— si me engañás, el precio va a ser más alto de lo que podés pagar. Acá no hay segundas oportunidades.

Victoria asiente, consciente de la seriedad de sus palabras.

—No vine hasta acá a jugar ni a convertirme en una víctima.

—Ah, pero eso es justo lo que piensa la mayoría de mis clientes, querida —carraspea—. Todos creen que pueden controlar la situación, pero solo unos pocos viven para contarlo. ¿Qué te hace diferente? ¿Por qué debería confiar en vos?

—No soy una traidora, si eso pensás. No tengo tiempo para juegos estúpidos —dice con firmeza—. Pero si mañana no cumplo, podés hacer lo que quieras conmigo.

—Interesante. Veremos si tu palabra vale algo... o si terminás siendo una sombra más en este juego.

Al día siguiente, ambas partes cumplen: el Escorpión recibe su paga y Victoria, el maletín. El frío del galpón contrasta con el ardor que la impulsa.

Una sensación oscura le crece. Cruzó una línea invisible que separa lo que era de lo que ahora es.

El Escorpión no la pierde de vista y su voz se alza, clara y punzante:

—Acordate, si me traicionás, el precio es... tu alma.

Victoria apenas gira la cabeza. No hace falta mirarlo para sentir la amenaza. Sin embargo, sigue adelante, ya tiene los fármacos necesarios y sabe que, con ellos, poco le queda en esta piel.

CAPÍTULO 14

Omnipotencia

Regresa a su laboratorio, satisfecha tras concretar la transacción.

En su refugio, ella es la única ley. Las sustancias que obtuvo no son simples compuestos; son venenos, explosivos potenciales capaces de volarlo todo por los aires. Pero Victoria no es cualquiera, sus manos no fallan.

Mientras se coloca los guantes, murmura desafiante:

—¡Por fin! Llegó el momento que tanto esperé. Mi paciencia con esta sociedad se agotó.

Mientras vierte un líquido viscoso en un frasco, la recorre la emoción. Las fórmulas parecen cobrar vida en cada reacción química, como una celebración de lo que está por venir.

—¿A cuántas vidas llegaré? —se pregunta en voz alta, mirándose en el espejo, con una sonrisa triunfal teñida de arrogancia.

Se obliga a mantener la concentración en la tarea que tiene entre manos. Todo en el laboratorio es una extensión de su voluntad, y no va a permitir que ni su propio regocijo interfiera.

Y entonces, lo logra. Las cápsulas, relucientes bajo la luz, descansan sobre la mesa de acero. Son demasiado simples, tan engañosamente inocuas. Victoria las contempla y, por primera vez, siente algo nuevo y abrumador: un poder absoluto que la embriaga.

La sensación de omnipotencia es total, un éxtasis inédito.

El peso de sus reencarnaciones pasadas desaparece. El sufrimiento, los riesgos, las muertes; todo se desvanece en el aire. Lo que queda es la certeza de que ella, y solo ella, tiene en sus manos el control del destino. Su llave a la inmortalidad le arranca una risa, casi maníaca, que suena en la soledad del laboratorio.

—Soy la arquitecta de mi propia eternidad —proclama, con soberbia absoluta.

Ya no es solo Victoria, una más entre la multitud; los rostros a su alrededor le resultan insignificantes, meras piezas que podría mover a su antojo. No es maldad, es superioridad demostrada.

—Soy eterna... y ellos son solo polvo en el viento —murmura.

Cada paso lo siente como un avance hacia un destino grandioso. Solo debe cuidar que el entorno no afecte sus planes de eternidad.

Al entrar en un local, el aroma a café y pan recién horneado la reconforta. Observa a la gente conversando y piensa “No saben lo que significa desafiar a la muerte y a la invalidez... y ganarles”.

“¿Cómo podrían entender? Ni el terapeuta más empático estaría a la altura. Jajajaja, pobres criaturas, estoy a años luz de ellos”.

Es imparable y la ansiedad por volver a comenzar crece, un impulso casi ciego que la empuja a ir más allá del horizonte que no se acerca.

El zumbido del celular la sobresalta. Parpadea, desconcertada; la pantalla ilumina un nombre que había casi olvidado: Primo Martín. ¿Por qué escribiría? Si apenas mantienen contacto.

Sus dedos se deslizan sobre la notificación. Las palabras bailan desordenadas ante sus ojos antes de formar una frase demoledora: “Lamento informarte que la abuela Carla falleció esta mañana”.

El teléfono cae sobre la mesa. A los ochenta y ocho años, la última persona que la acompañó en tantas vidas, su propia hija, hermana, tía y abuela... dejó de existir.

Una lágrima cae sobre la taza. Por más que domine el ciclo de la muerte y el renacimiento, no puede torcer el tiempo para los demás.

Ahora sí... ya no le queda nadie.

CAPÍTULO 15

Paranoia

Victoria deambula por la ciudad cuando una tienda casi oculta entre el follaje atrae su mirada: cortinas de terciopelo morado y un cartel gastado que anuncia "Lecturas de Tarot y Vidente". Un lugar conocido.

—Es una locura —susurra. Aun así, avanza, como si una fuerza invisible la arrastrara hacia el interior.

Al cruzar el umbral, la sensación se repite: el aire denso, el olor a incienso y hierbas secas. Sentada tras una mesita, una anciana de cabellos plateados y ojos oscuros levanta la vista en el instante en que Victoria cruza la entrada.

—Amanda, te estaba esperando —dice, con una voz que parece emerger de las profundidades del tiempo.

El nombre la detiene en seco. Nadie la llama así desde hace vidas.

—¿Quién...? —logra articular Victoria, con voz cauta, aunque sabe muy bien de quién se trata.

La vidente sonríe de forma acogedora, casi maternal y la invita a acercarse.

—El tiempo no olvida, querida. Y vos tampoco deberías. Sé por qué viniste.

Victoria frunce el ceño y cruza los brazos, como erigiendo una barrera contra la intromisión.

—No estoy acá para revivir el pasado —responde con una frágil firmeza.

—Lo sé, lo sé, es el futuro lo que te interesa —dice la anciana, con voz que se suaviza, casi seductora—. Tu pasado lo conocés bien, Amanda.

—Me llamo Victoria. Dejé atrás ese nombre hace tiempo.

La anciana, con sus ojos desgastados por los años pero aún perceptivos, parece poseer el poder de leer los pliegues más ocultos de su alma.

—Lo que viviste no puede borrarse y lo que buscás no está en la huida, sino en la aceptación.

Victoria sabe que hay una verdad incómoda en lo que la vidente dice, y aunque se resiste a admitirlo, lucha contra los fantasmas de sus propias decisiones.

—La elección siempre ha sido tuya —prosigue la anciana, con serenidad—. ¿Qué estás dispuesta a sacrificar para conseguir lo que necesitás? El poder siempre tiene un costo.

—Estoy dispuesta a todo —responde, sin esconder su ambición—. Haré lo que sea necesario para continuar.

La vidente asiente con lentitud, como si hubiese visto este momento llegar desde el principio.

—Si lo que te intriga es el futuro... entonces veamos hasta dónde se deja ver.

Extiende las manos en un gesto ceremonial que vuelve el instante casi sagrado. El aire se congela, el silencio es absoluto. La vidente cierra los ojos, respira profundo y entonces...

—*"Cuando el cielo cante, en una batalla oculta y dispar, cruces mutiladas derramarán sangre inocente".*

Las palabras parecen una sentencia, pero son enigmáticas, ininteligibles.

—¿Qué...? No entiendo —dice Victoria, tratando de procesar esa frase imposible—. ¿Qué significa eso?

—A veces, el conocimiento es un fardo. Hay verdades que no están destinadas a revelarse con facilidad.

—¿Por qué no me das una respuesta clara? —estalla, frustrada—. ¿No podés simplemente decirme lo que necesito saber?

—Lo entenderás cuando sea el momento. Y, Amanda... veo algo más...

—¿Algo más? No entiendo nada de lo que dijiste y ¿encima hay más?

—*"La sabiduría del crepúsculo traerá la confesión y luego... el legado".*

—Estoy en esta tienda claustrofóbica queriendo entender algo, y vos me seguís hablando en acertijos. Así es muy complicado.

—¿Acaso tu historia no lo es? Yo soy simplemente un canal, leo lo que no escribo. El camino es tuyo, no podés huir de lo que sembraste.

La anciana no se inmuta. Conserva una calma exasperante.

Victoria logra controlarse, pero siente que la confusión es demasiado grande para sostener el diálogo.

—Te agradezco las palabras, pero no puedo quedarme más tiempo. Tengo que irme —dice finalmente, con un desasosiego indisimulable.

Afuera, las calles parecen distintas, más hostiles. La lluvia golpea el pavimento y los charcos, como espejos rotos, devuelven destellos intermitentes.

—¿Qué fue todo esto? —murmura, mientras se adentra en la noche.

A medida que avanza entre la multitud, los pensamientos se enredan. No puede evitar la sensación de que algo grande escapa a su control. Con cada paso se hunde más en la desazón.

Cada ruido a sus espaldas le despierta una vulnerabilidad nueva. Su mente, acostumbrada a la lógica fría y al control calculado, oscila entre la paranoia y el miedo auténtico. La imagen de la vidente la persigue como un espectro.

—No. No puede ser. Esto es una ilusión —se dice, tratando de convencerse mientras apura el paso—. Nadie puede saber cuándo terminará todo... Eso es imposible. ¡Ja! ¡Lo inventó, soy eterna!

Pero, aunque intenta evitarlo, sus pensamientos la torturan, enredándose cada vez más. La razón cede terreno ante la locura.

—¿El canto en el cielo y las cruces... serían plegarias a Dios? ¿Por eso habla de una confesión? Pero si no soy creyente... igual, ¡No pienso volver a pisar una iglesia!

Cabeza gacha y manos en los bolsillos, se mueve como un fantasma por las calles. No queda rastro de su andar desafiante; en su lugar, la cautela la obliga a mirar por encima del hombro. Siente que la observan, que la vigilan. Algo la sigue, invisible pero tangible, y la presión es real.

El silbido del viento, el golpeteo de la lluvia y el retumbar de los truenos se funden en una sola sinfonía. Cualquier sonido podría ser interpretado por ella como un “canto”.

—No puedo permitir que esto me controle —su voz es más firme—. Debo entender el significado.

El ruido de un cartón bajo un pie la hace girar sobre sus talones. El reflejo la impulsa a buscar señales: cruces, sombras, letras, cualquier pista.

De repente, oye pasos detrás.

—¿Quién está ahí? —grita, desafiando a las sombras.

La oscuridad responde con silencio, pero unos segundos después, la figura de un hombre emerge, su silueta recortada contra la luz mortecina de un farol que parpadea.

—¿Buscás algo? —pregunta el hombre.

Victoria lo observa, cada nervio de su cuerpo en alerta.

—Nada que te importe —responde, intentando sonar más segura de lo que se siente.

El hombre sonríe, pero su expresión carece de toda calidez.

—Las calles son peligrosas, y la noche es larga. Tené más cuidado con las palabras que usás.

Victoria se da cuenta de que está perdiendo el control. Este encuentro no es más que un recordatorio de que el peligro puede acecharla desde cualquier rincón.

—Lo tendré en cuenta —responde, mientras su mente busca una salida.

El ruido de la ciudad se vuelve amenaza. La paranoia la consume, ya no distingue entre presagio y peligro.

CAPÍTULO 16

La guerra

El mundo cambió drásticamente. La guerra estalló y Victoria quedó atrapada en medio de una tormenta que no había previsto.

El sonido de las bombas que caen es atroz, marcando el ritmo de la devastación. El bombardeo es feroz; desgarra la tierra y el cielo por igual.

Los días son una confusión de sirenas, explosiones, humo y gritos. Las ciudades se convirtieron en cementerios de escombros y el humo vuelve al cielo en una bóveda gris y asfixiante. La única opción que queda para los sobrevivientes es refugiarse en los búnkeres subterráneos, cuevas de concreto donde la luz apenas logra filtrarse.

El proceso de su próxima reencarnación comenzó meses antes de que estallara la guerra por sorpresa, no puede interrumpirse sin consecuencias fatales. Pero ahora, las reglas cambiaron, está confinada en ese búnker, sin acceso alguno a un laboratorio de fecundación in vitro.

El cálculo, más que nunca, es su compañía constante. Esta vez solo cuenta con la cantidad justa de droga para terminar el proceso actual, sin margen para demoras. En una carrera contra el tiempo, cada dosis la acerca tanto a la salvación como al desastre.

—¿Cómo llegué a esto? No tengo lugar para la vacilación… —se repite. Su destino depende de la decisión que tome en los próximos días.

Recorre el estrecho espacio del búnker, captando las miradas inquietas de los demás refugiados. Hombres y mujeres, niños y ancianos; todos con rostros pálidos por el miedo.

La desesperación es palpable; aun así, no le resulta difícil encontrar a alguien dispuesto a "ayudarla". En un rincón del búnker, un hombre joven, de aspecto sencillo, la observa con curiosidad.

—Necesitás algo, ¿no? —le dice, acercándose con un aire de complicidad.

Victoria sabe que en esa oferta se esconde una oportunidad.

—Sí, necesito... un momento de consuelo en este caos —responde, modulando la voz para sonar más frágil de lo que en verdad es.

Aprieta los dientes, reconociendo la ironía de aferrarse a la vida por medio de un acto tan humano, con el solo objetivo de cumplir su propósito.

El hombre no conoce la verdadera razón de su urgencia, pero su necesidad de sentirse vivo en medio del horror resulta innegable.

—A veces, en momentos como este, uno se aferra a lo que puede —murmura él, con un tono más dulce de lo esperado. Sus ojos, llenos de anhelos y sombras, se detienen en Victoria, buscando algún tipo de conexión.

Victoria no puede detenerse a pensar en lo que está haciendo, pero presiente en él a alguien con quien podría compartir algo más que solo ese instante.

Para él es un momento de olvido; para ella, su chance de asegurar el futuro.

—A veces pienso que estamos todos locos. El mundo se desmorona afuera y nosotros... —hace una pausa, mirando hacia la entrada del búnker— estamos acá, hablando de cómo sentirnos vivos.

—Tal cual. Algo que nos haga olvidar, aunque sea por un momento —responde—. Tal vez un poco de compañía.

La conversación se intensifica, mientras ambos experimentan una comodidad progresiva. El aire entre ellos se distiende y se torna más agradable.

Victoria encuentra una mezcla de esperanza y contención, y está dispuesta a avanzar con ese vínculo y arriesgarlo todo por un futuro que aún no puede vislumbrar.

Cuando la confirmación llega —está embarazada—, la incertidumbre comienza a desgarrarle la mente con la misma violencia con que las bombas sacuden la tierra. La noticia es un bálsamo, pero también un nuevo tipo de terror.

—Ahora... tengo que asegurarme de que esto no se interrumpa —piensa.

La ansiedad es inmensa, pero sabe que ha tomado la decisión correcta, aunque los peligros del mundo exterior acechen a cada paso.

—Estoy segura de que es una niña, ¡lo presiento, y pocas veces me equivoco! —se repite, realmente convencida de lo que dice.

La guerra afuera sigue feroz, pero su lucha por la vida es aún más intensa. Su salvación se encuentra en ese ser que comienza a formarse dentro de ella. “Debo protegerte, a vos y a nuestro futuro”, piensa mientras se acaricia el vientre.

Las semanas pasan y el vínculo crece. Victoria encuentra un nuevo propósito en su lucha: asegurar que el ciclo de reencarnación continúe, sin importar el costo.

La falta de tecnología vuelve titánica la tarea de controlar el embarazo. La salud del feto, su evolución... todo queda fuera de su alcance. Solo puede observar cómo su vientre crece y sentir los movimientos suaves de la vida que lleva dentro. Por primera vez en muchas existencias, se pregunta si ha quedado embarazada en el momento justo, después de que la droga terminara de reconfigurar su cerebro.

—¿A quién estaré engendrando? —se cuestiona, pensando en experiencias anteriores— ¿Cuántas vidas más? ¿Cuántos sacrificios?

Quedan muchas incógnitas. El único consuelo de estar en el búnker es la desconexión total del mundo exterior. Allí, lejos del cielo y de las inquietantes palabras de la vidente, el encierro le ofrece una tregua frente a la profecía y le da la certeza de que su continuidad está a salvo.

CAPÍTULO 17

Caruso

Los meses en el búnker son un limbo donde los días y las noches se funden en un tiempo indefinido, una espera interminable dentro de una prisión casi sin forma. No hay relojes ni ventanas que conecten con la realidad, solo el murmullo distante de la guerra que se cuela a través de la radio o del único televisor, interrumpido de vez en cuando por crujidos que anuncian noticias que traen más incertidumbre que alivio.

Una tarde, Victoria, sumida en sus pensamientos, se apoya en la fría pared del búnker y se dirige en voz baja al vacío que la rodea.

—¿Cuánto más va a durar esta guerra? ¿Qué sentido tiene todo esto?

Otro de los refugiados, un anciano de mirada apagada, la escucha y se anima a intervenir.

—Es lo que todos nos preguntamos aquí dentro. Nos hemos vuelto sombras, esperando quién sabe qué.

Victoria asiente, sin responder, y vuelve a perderse en el vacío invisible de los días.

Entra en el séptimo mes de embarazo. Su tiempo se acaba, el ciclo entra en su punto más crítico.

Mientras reposa en la cama de su diminuta habitación subterránea, los murmullos metálicos del televisor, tan vetusto como el propio búnker, se mezclan con las vibraciones que ya pasan desapercibidas. Pero lo que escucha esta vez es distinto. La débil transmisión no trae noticias de bombardeos ni advertencias de evacuación. La pesadilla toma otra forma.

—Las tropas enemigas han desarrollado un arma más letal de lo que cualquier mente podría imaginar —anuncia la voz del locutor—. Se trata de una bomba devastadora, bautizada "Caruso", en honor al legendario tenor italiano. Informes indican que el misil, al surcar los cielos, produce un sonido que recuerda la poderosa voz del cantante, un canto espectral que resuena en el aire justo antes de desatar la destrucción.

Las palabras caen sobre Victoria como un mazazo. El miedo, un viejo conocido que ha intentado mantener a raya, se instala nuevamente en su pecho.

—Caruso... el cielo... —se dice a sí misma.

Un escalofrío la recorre, despertando en su memoria una profecía que había intentado enterrar, cobrando un significado aterrador. Oculta bajo tierra, apartada del sol, Caruso se acerca. La cruel ironía no se le escapa y el tiempo se cumple.

De repente, la vibración de una explosión cercana hace que la imagen del televisor se pierda. Como si el universo decidiera burlarse una vez más de ella, en la pantalla aparece el símbolo de señal interrumpida: una línea larga, seccionada en el centro por una gran cruz.

Se acerca a la pantalla, apenas controlando el temblor en sus manos, con un dedo cubre un extremo inferior de la "X"...

Inevitablemente piensa en la Xerox y, casi sin poder reaccionar ante lo que acaba de develar, el aturdimiento la golpea como un tsunami. Su abdomen se deforma, agitándose como jamás antes lo había hecho, y el dolor se vuelve insoportable, más allá de todo lo que recuerda haber sentido en sus embarazos anteriores.

Los movimientos dentro de su vientre son extraños, incesantes, de una violencia tal que le rompen la bolsa y empapan sus piernas, la ropa y el suelo, con líquido amniótico... y sangre.

—"¡¿Qué pasa hija?! ¿Qué es esta sangre?" —grita mirando su abdomen deformado.

De repente, su visión se oscurece, y, sin previo aviso, su cuerpo cae en un abismo de inconsciencia, envolviéndola una fría, densa y definitiva oscuridad.

Victoria yace inmóvil, mientras los médicos del improvisado quirófano se apresuran. Las lámparas apenas iluminan el cuerpo. El aire está cargado de tensión y agotamiento. No hay tiempo que perder, el único objetivo es salvar al bebé, esa vida que apenas está por comenzar mientras el mundo a su alrededor se desmorona.

Una enfermera se inclina hacia el anestesista y susurra:

—¿Qué pasó? ¿Estaba bien y de repente en coma?

—Es solo una sombra más, como el resto de nosotros. —le responde, mientras se alista para la cirugía—. Lo raro es que fue sin aviso; y por cómo se la ve, este bebé quizás sea lo único que podamos salvar.

El doctor toma el bisturí con manos firmes. Cada movimiento es preciso, pero el sudor que le recorre la frente revela la presión bajo la que trabaja mientras corta la piel, exponiendo la vida que ella ha protegido con tanto esfuerzo.

El ambiente en el quirófano es sofocante. El aire mismo parece resistirse a entrar en los pulmones. Entonces, el médico levanta al cuerpecito recién nacido...

—¡Es una nena Vicky! ¡No sé cómo, pero siempre lo supiste, es una nena! —dice al alzarla, mientras ve que el color de la piel de la niña es azul, no respira ni se mueve.

—¡La llevo a emergencias, a hacerle RCP! ¡Ocúpense de lo que falta! —Grita el cirujano al resto del equipo.

—Pero, falta... —empieza a hablar el asistente, todavía con sus manos en el cuerpo de Victoria.

—Dije que se ocupen del resto —Lo interrumpe el doctor—. La vida de mi hija está en juego. ¿Qué es lo que no se entiende? —Se impone desesperado mientras se pierde por el pasillo que da a la precaria sala de emergencias.

El trabajo de reanimación es en vano. El cuerpito tan chico y delicado de su hija no resistió.

—Es muy extraño, no tiene sentido... —piensa mientras la examina. —Tiene arañazos en el cuerpo, y su cuello muestra raras marcas, de estrangulamiento traumático, que delatan claramente la causa de su cianosis prenatal fatal. ¿Cómo es posible?

Regresa al quirófano, envuelto en lágrimas, anímicamente destrozado. Pero al entrar a la sala donde yace Victoria, encuentra al asistente atendiendo a otro bebé, curándole unas heridas en el cuerpo. La angustia se mezcla con la incredulidad ante lo inesperado.

Se limpia la sangre de las manos, abraza a la criatura, y mirando Victoria con ternura le dice —Todos estos meses juntos y no sabíamos que eran dos, ni lo imaginábamos. Ni siquiera llegamos a decidir sus nombres Vicky... ¿y ahora?

Respira hondo, mira a sus asistentes y continúa: —Habíamos pensado en Camila, Laura... pero Victoria me habló muchas veces de un pariente lejano al que amó profundamente. Sin dudas, si ella pudiera decidir, estaría de acuerdo con ponerle su nombre... Eduardo.

En ese instante, el bebé abre sus ojos, verdes, y como desafiando la brevedad de su existencia, observa el entorno con una comprensión que va más allá de lo que debería ser.

Un ciclo de 257 años inicia su capítulo final, cargando una historia que algún día podrá confesar.

Fin...

1936 .... Amanda
1970 .... Cementerio
1978 .... Luisa
2001 .... Carla
2004 .... Julia
2021 .... † Edi
2037 .... Helena
2054 .... Vidente
2071 .... Victoria
2089 .... † Carla
2098 .... Profecía
2105 .... Caruso
2193 .... Confesión

A los cuatro meses del cumpleaños, Eduardo es visitado por su nieta predilecta, Ana. Tiene un sobre con unos análisis clínicos: Fue diagnosticada con ELA...

ÍNDICE

Made in United States
North Haven, CT
10 November 2026

22091518R00055